主编 凌翔

凉风有信
秋日胜春

万林枝 著

民主与建设出版社
·北京·

© 民主与建设出版社，2020

图书在版编目 (CIP) 数据

凉风有信　秋日胜春 / 万林枝著 . —北京：民主与建设出版社，2020.2
ISBN 978-7-5139-2950-9

Ⅰ.①凉… Ⅱ.①万… Ⅲ.①散文集—中国—当代 Ⅳ.① I267

中国版本图书馆 CIP 数据核字（2020）第 033986 号

凉风有信　秋日胜春
LIANGFENG YOUXIN　QIURI SHENGCHUN

著　　者	万林枝
责任编辑	周佩芳
封面设计	陈　姝
出版发行	民主与建设出版社有限责任公司
电　　话	（010）59417747　59419778
社　　址	北京市海淀区西三环中路 10 号望海楼 E 座 7 层
邮　　编	100142
印　　刷	唐山楠萍印务有限公司
版　　次	2020 年 7 月第 1 版
印　　次	2020 年 7 月第 1 次印刷
开　　本	710 毫米 ×1000 毫米　1/16
印　　张	13
字　　数	200 千字
书　　号	ISBN 978-7-5139-2950-9
定　　价	39.80 元

注：如有印、装质量问题，请与出版社联系。

目　录

第一辑　生活的歌谣

拿一片好时光，用来浪费　002
选一种姿态，让自己活得无可替代　005
那个黄昏，与孤独相处　008
春天的脚步　011
在瓷片里细数光阴　014
琵琶亭里数流年　017
凉风有信　秋日胜春　022
赠你一枝春，可好？　026
坐着火车去远方　029
成都，带不走的只有你　034
伤春　037
婆婆的菜地　041
七月，无尽夏　044

第二辑　人间的风景

我们仨　048
你是我此生最暖的灯火　052
回家的路　057
幸福的种子　宿命的棋子　062

猫来了　067
梦想　071
给孩子做早餐的早晨，很美好　074
愿为爱坚守　不负此生　077
美食为饵，画爱为牢　081
萧瑟之美　084
做一个会说话的人　086
吵架　089
为爱犯贱　092

第三辑　生命的卑微

张师傅　096
洗头小哥　099
三轮车师傅　103
十五岁就做了妈妈　106
妈，陪你唠唠磕　110
最遥远的爱人——母亲　114
最忆是你　119
向死而生　124
村里最有福气的那个老人　129
猝不及防　133
在已婚的生活里，过着单身的日子　136
他用善良祭奠那条残腿　141
孤独的老人　145

第四辑　烟火的爱恨

生死之恋　152
桂花酿　162
爱无期　169
求你娶我吧　178

冰冷的心，温暖的人　185
春风万里不问归期　191
一场空欢喜　197
好像花儿开　200

第一辑　生活的歌谣

拿一片好时光，用来浪费

今日的雨，不急不缓，恰到好处。仿佛带着使命，带着任务，随风潜入夜，只为浇灌人间万物而来，只为芬芳满园春色而来。

描写春天的古诗词多了去，我却独独喜欢《春夜喜雨》。润物细无声，最是春雨多情，深情款款，悄无声息，轻轻的，雨就来了。

碰上下雨的周末，就赖在床上，慵懒散漫，读一本闲书，睡一个懒觉，甚好。或不出门，窝在沙发里，煮一壶花茶，看那一朵朵干巴巴的小花在水里上下起伏，渐渐地展开绽放，翻飞起舞，重现生命的美丽。这样的时刻，最好还有一两好友，围炉品茶聊八卦，说知心体己的话。

或者，索性出门，置身雨中，独享那一份安宁。撑一把伞，想一把陈年往事，或什么也不想，只在雨中慢慢地踱着。

此时，忘却了生活压力，忘却了柴米油盐的琐碎，忘却了行色匆忙的焦虑。仿佛偷了一把好时光，满心里，都是欢喜。

慢悠悠地晃到湖边公园，满树的玉兰花惊艳了时光。它全身没有一片叶子，只有满树耀眼的花朵，白的似雪，红的如火，热烈奔放。

这种树大部分时间都是光秃秃的，看不出任何变化，一副无关风雨无关晴的模样。只有在这个季节，一夜春雨过后，就忽然开满了整个春天。

它坚定，纯洁，多少风吹雨打的煎熬，多少无声无息的等待，都是为了这一刻肆意地怒放。

公园深处，桃花，杏花，李花，樱花竞相开放，千娇百媚，争奇斗艳。

春天，真是一个多情的公子啊。

百花都像邀宠似的，展现出最娇艳最美丽的一面，只为与春天有个约会，只为春天而盛开。

玉兰，就是那个最真最痴的姑娘吧，含蓄一点都不知道，委婉一点都不知道，热辣辣就将自己悉数抖开。几场春风春雨过后，又抖落一地的花瓣，碾作泥土，化为另一个轮回的守候。

大部分人的一生，平淡无奇，默默无闻。但如果能像这玉兰，能够无怨无悔地怒放一次，也不枉来这世上一遭。

百花渐醉迷人眼，一场又一场的繁花盛宴，玉兰的深情，春天你可曾看见？

春天真是一个适合撒野的季节。潜伏了一个冬天，心里的欢意早就鼓胀热烈。圈里圈外，都在晒着春天的美景，都在约着周末去哪撒欢。

我是不喜欢凑热闹的。各种借花而办的群体赏花活动，终有些浅薄，有些急功近利，破坏了花开花落的自然美好。

某地举办桃花节，人群争相涌来，人山人海，交通堵塞。不几日，满园的桃花枝被人折，花瓣摇落满地。商家是笑了，可是桃花，如果你还笑春风，又怎么笑得起来。

那次受朋友邀约，去参加首届油菜花节。行至过江处，排队拥堵了好几公里。索性拐上了另一条小道，安静闲适。把车速降到十迈，打开天窗，清风徐徐，头顶蓝天白云，路两边是大片大片金黄的油菜花。

花香袭人，小鸟鸣唱，孩子早就按捺不住雀跃的心，跳下车在油菜花海奔跑，尖叫，尽情地撒着欢儿。

这份误入菜花深处的惊喜，这样赏心悦目的踏青，何其美妙。

红尘中的烦恼，生活里的瑕疵，此刻又算得了什么。独享这样一份好时光，一分一秒都过到了心里，喜悦悦，暖洋洋，不嫌浪费，不嫌铺张，有悲有喜有惆怅。

都说春天最迷人的是春雨，比春雨更迷人的，应该是那素手闲心，静看花开花落的赏花人吧。

愿岁岁年年花自开，赏花人，心依旧。怀着沉静内敛的心，安然随喜，繁花不惊，偶拿一片好时光，拿来消遣，拿来浪费。

雪小禅老师说：好时光，都是用来浪费的。

选一种姿态，让自己活得无可替代

最近，好像变得很忙。

阳台上的花草，久未打理；和女儿约好去那家手工店做陶罐，终未成行；与老家相距不过几十分钟的路程，却几个月都没去探望老父亲。

就连写文，也变得断断续续，可有可无，提起笔，已不知从哪里下手了。

似乎，忙碌已成了一种常态。细想起来，却不知道都忙了些什么。

忙事业吗？事业如风。日复一年，就这样勉强维持表面的平稳，好像从未走出过恼人的瓶颈期，心中早就没了那份初始的激情。

忙生活吗？生活如麻。无论你怎样想方设法地精心整理，它都兀自苟且着，没有一点头绪。

时间被碾压得如此之碎，一阵风吹过，稀里哗啦的都不知道去向了。

它倏忽而过时，却残忍地留下那么深刻的痕迹。比如，渐长的年龄，眼角的皱纹，身上的赘肉，还有，心底的狼狈不堪……

人生在世，有多少男人能够富甲一方？又有多少女人能够倾国倾城？芸芸众生的绝大多数，如你我一样，平凡，普通。为工作压力烦恼，为生活琐事操心，为孩子教育发愁。

有一天，当你发现披星戴月，无数次加班熬制的方案被无情PASS掉；当你发现正在努力维持的那段感情，早已经变得不堪一击；当你发现，无论怎么努力，生活都露出它的青面獠牙恨不能把你吞噬。

其实，这就是现实，生活就是这么操蛋，忙，乱，烦，彷徨且无奈。

人生如戏，有光芒万丈精彩绽放的，有黯淡无光独自枯萎的；也有逍遥一生潇洒快乐的，还有操劳一生辛苦劳累的。每个人都在生活剧里扮演着自己的角色，无论你有怎样的精彩，最后的结局却殊途同归，都将尘归尘，土归土，人生的终点都是走向那一个小小的坟墓。

无数个孤独烦闷的夜里，仿佛看见心被围猎成一只独角困兽，彷徨失意找不到一点出口。

总是试问自己：在光影交错里，你是能留得住眼前，还是能留得住永远？在时光荏苒中，你是能留得住云的潇洒，还是能留得住风的浪漫？在人生蹉跎中，你是能留得住时光的无情，还是能留得住岁月的沧桑？

都不能够！

这个世上，我们不能左右的东西太多太多，我们不能选择的东西也太多太多。世事无常，人事沧桑，浮沉起伏，几度秋凉。但生活即使再一地鸡毛，至少，我们可以选择听从自己的内心，可以在沧桑无常中多一份从容与坦然。

我们可以静下心来，去感受失去后的平和，去品味诱惑时的恬淡，去体会困苦中的从容，去微笑面对这个混浊的世界，慢慢地去看清、看透、看淡。

也许走进孤独，我们方能体会安静时的非同凡响；也许走进黑夜，我们方能感受阑珊处的灯火辉煌。

其实，人生也可以是一首诗，看你怎样去填词；也可以是一首歌，看你怎样去谱曲。唯有读懂了，才能活得明白通透，唯有领悟了，才能从容应对各种困顿。

不管你怎样选择，人生如人饮水，冷暖自知，幸或不幸或许只在一念之间。

风雨人生，山一程，水一程，有些苦痛我们必须要尝，请带着笑。有些怨恨我们必须要忘，让它随风。

望长天白云收卷，品人间烟火人生。红尘有梦，心中有爱，行走天地间，要有闲看孤云静看僧的心境，也要有静水流深且自知的洒脱。不随波逐流，不人云亦云，保持住自己的内心格局。

我们当心中有明镜，灵魂中有琴音，见素抱朴，看一路风景，留一路歌声。

如果人生一定要选一种姿态，我愿意像那迎风招展的狗尾巴草，向阳而生，平凡而坚强，卑微而骄傲，不与百花争斗艳，即使只是一根草，也让自己活得无可替代。

那个黄昏,与孤独相处

在那个初夏的黄昏,天气还没有那么闷热。一丝凉风吹来,舒适惬意。空气中有淡淡的花草香味,落日在湖的那边渐渐下沉,余晖散去,宁静中有人约黄昏后的怅然。

此时,我开着车行驶在下班的路上,遇上晚高峰。望着沉黑一片的车海,心情莫名变得烦燥。

突然,很不想回家,真的,一点回家的欲望都没有。

打了个电话给他,扯个谎说我在加班,别等我吃晚饭。我把手机调至静音状态,把车拐进一条不知名的小路,我不知道要去哪里,只是盲目地行驶着。我开得很慢很慢,脑子里也一片空白。

我并没有和他吵架,也没有和孩子闹别扭。下班的时候也推掉了两个可有可无的聚餐。

我不知道自己是怎么啦,这一刻,只想逃离这纷纷扰扰的红尘,只想一个人呆着,自己和自己相处,心情孤独而落寞。

城市的灯火渐渐远去,夜色越来越浓。不知不觉到了郊区的赛城湖边，被那一湖波光粼粼的湖水吸引着，我下车走上堤坝，一个人慢慢地踱着。

远处，有三三两两散步的人群，有打情骂俏的情侣，还有奔跑嬉戏的孩童。

这些都不在我的眼里，我的眼里只有空中眨着眼的星星，只有湖水与河岸的窃窃私语，只有轻风与波浪的甜蜜亲吻。

我，真是爱极了这静谧。

我的心，也突然静了下来。只后悔，那学了一半就放弃了的箫，不然，在这凉凉的夜色中吹奏一曲，该有多么的快意。

此情，此景，只有那空灵的箫声配得上。

踏上凉亭，站在围栏边，风吹过我的黑发，飘起我的裙角。我塞上耳机，李玉刚的《梨花颂》传来，我顿时惊呆了。

这个妖孽一般的男人，他细腻婉转又孤独落寞的女声传入我的耳膜，顿时，天地苍凉一片，不知今夕是何年了。

  梨花开春带雨
  梨花落春入泥
  此生只为一人去
  道他君王情也痴……

花开花落，过尽千帆。那如泣如诉的歌声，总关情，却声声寂。

情到深处是孤独啊，那个风华绝代的女子，倾了他的国，也倾了他的心，集三千宠爱于一身。又如何呢，终归是一人孤独离去。

我只想与你奏一曲白头韶华，奈何生死隔断，寂寞天涯。君王又怎样，心有江山又怎能做到快意潇洒。

此时此刻，我真的沉醉了。

这湖水，清风，明月，星光，虫鸣，醉倒在这苍茫孤寂里，没有一丝丝的害怕。红尘过往，凉月清寒，我安静地守望这一段心灵的时光，隐逸着自己孤单的身影，任思绪飘扬。

我仰靠在栏杆上，张开手臂，像一只飞舞的蝴蝶。我的灵魂也仿佛出了窍，它脱离了我的肉体凡胎，飞过万水千山，越过红尘万丈，在天空中自由自在地飘飞。

我打开胸腔，接受它的能量。它告诉我，红尘俗世，莫烦莫恼，莫失莫忘，只要守住一颗不惹尘埃的初心就好。

蓦然发现，和孤独相处，竟让我如此惬意。

多想放下一切执念，只牵起寂寞之手，携一壶安之若然的老酒，自斟自饮，长醉不醒。

手机里不断有晃过的微信提醒。我轻轻点开，有他的留言：我打牌去了，饭菜热在锅里，回来记得吃……有女儿的语音：妈妈你怎么电话没人接，你在干嘛……还有闺蜜的：今天在商场看了一条裙子，明天陪我去买……

看着看着，不觉间泪水模糊了双眼。

看，我就是个如此贪心的女人，无比贪恋这俗世的暖与爱，又无比喜欢这凛冽寒凉的孤冷。

扯掉耳机，我快速回到车里，发动引擎，一路飞驰，很快又融入了城市的灯火通明里。

三毛曾说，在这个世界上，我们注定要孤独地生，并且孤独地死去。也许，每个人的心里，都住着一朵孤独之花，它可以盛大地怒放，也可以悄悄地枯萎。

人生就是如此吧，孤独着，挂念着、烦恼着；走过一段旅程，转头一望，却也活跃着、瑰丽着；有着你爱的人和爱你的人，有着你喜好的事和需要你做的事，有着挂念你的人和你挂念着的人。

所以，且享受孤独吧。我们终其一生，要学会的，不过是与自己相处。

春天的脚步

二月的最后一天，老天终于开了眼，停止了下雨。虽是遮遮掩掩，欲迎还羞，终于也吝啬地挤出了一丝阳光。

都说春雨贵如油，今年的春雨似乎特别廉价。连着下了两个月，还时不时和着寒风，夹杂着一些任性的雪粒子，烟雨江南没了朦胧美好，变得阴冷寒湿。

春节期间一部《流浪地球》的电影火遍全球。有人笑称，也许太阳也跟着地球一起去流浪了。更有段子手戏谑，这种时候，拒绝求爱的最佳方式，莫过于一句"等天气不下雨了再说"。

天地万物都需要春雨的滋润，她是春天的信使，润物细无声。但是，也不能多了，也不能过了，过犹不及啊。在这样密密匝匝的梅雨里，人要发霉似的，心也跟着起起落落，终不得尽展欢颜。

不知为何，每到春天，我就会很焦虑。看见春天的花，我会焦虑；看见抽着新芽的绿柳，我会焦虑；吹着撩人的春风，我也会焦虑。

一年之计在于春，一日之计在于晨啊。我喜欢在秋天的午后偷懒，在冬日的早上赖床。可是，纵使我再懒，春天也断不会睡懒觉的。我是真害怕呀，怕负了春光无限，怕负了春宵苦短，怕春事成虚，无奈春归去。

所以，哪怕是只有一丝丝的阳光，我也会找个借口溜达去。被恼人的雨困了那么久，早就按捺不住雀跃的心。

午饭后，信步来到湖边。我裹着厚厚的羽绒棉袄，风倒是变得有点温柔了，虽然还带着一丝冰冷的气息，到底没了冬日的凛冽。

雨后初晴，春寒料峭，湖边没有一个人影。阳光透过斑驳的枝丫，散漫地洒在被拂柳夹杂的小道上，有点萧瑟，有种静美。湖面开阔，水波微澜，一眼望不到边，与远处灰蒙蒙的天空连成一片。这水天一色，虽没有海的壮阔，却初显了烟雨江南的朦胧。

我慢慢踱着，手插在羽绒服口袋里，闭上眼睛，耳边有风吹过湖面的声音，有鸟在树梢唱歌的声音，有草儿破土而出的声音。我连呼吸都变得轻柔起来，生怕会破坏了这种恬静。

柳条随着轻风在小路两边飘荡，有几缕调皮地触到脸颊。我伸手拨开，蓦然发现那看似光秃秃的枝条上，缀满了一个个的新芽。嫩嫩的，浅浅的新绿，娇嫩的像一个初生的婴儿。

刚刚走过冰雪消融，刚刚走过阴雨连绵，春天不舍冬的缠绵，我以为，今年的春定会来得缓慢些。哪里知道，我们还没有从萧条寒冷中缓过神，它早已悄然飘落。枯条新芽，带来了春的希望。

春天，到底还是来了，它迈着端庄娴雅的步子，依着自己的节奏，不急不缓，轻轻浅浅，款款而来。

岁月的年轮在春天的脚步中增长，生命在春风的呼唤中升华。我们总是感慨岁月无情，人生苦短，春花易逝。但你欣赏也好，感慨也罢，春天的脚步从来都不曾为谁而停留。

春暖花开，何其美好，它繁花似锦，它芳香馥郁，绝胜烟柳，桃花满枝头。万紫千红总是春哇，春是如此明媚招摇。

可是，这一季繁华如梦，终归要走向平淡。昨夜风吹处，落英听谁细数。花开花谢，本是它的宿命，也是它的使命，一朵花盛开的理由，应该不止是为有人欣赏。

人生如四季，起起伏伏，悲悲喜喜，无论是春光明媚，还是夏阳灼灼，无论是秋雨淅沥，还是冬风彻骨，我们都无须恐惧在意。无惧风雨，怀着一颗平常心，体会繁华落尽后的平淡，保持阅尽沧桑后的单纯。

生命当如一季花开，四季过往，寒暑春来，开亦欣然，谢亦无憾。

在瓷片里细数光阴

她,是盛开在水墨江南里的一朵青花,是晕染在春江水暖里的一滴浓墨,是从千年古韵里走出来的婉约女子。

她叫景德镇。千年以前,她也叫浮梁。

没有哪一个城市,能如景德镇,总感觉来不够,仿佛热恋中的人,有事没事,就想在那里腻歪着。什么也不想,什么也不做,在陶溪川里,寂寂坐着,就满足了。

有些城是用来怀念的,而有些城是用来记住的,景德镇属于后者,来了,就忘不了。

这座小城因瓷而闻名于世。她不华丽,老城有些地方甚至破烂不堪。她不干净,街上永远漂着讨厌的尘土。她也不怎么好客,景德镇人似乎有着与生俱来的排外与小计较。

她就是那么实诚朴素,坦荡自然,却叫人刻骨铭心。这座小城,融汇了传统与现代,单纯与复杂,喧闹与静谧,这些东西渗透融合在一起,形成了她特有的风情。

这风情，就像前世的心思化成了今生的胎记，仿佛在这里，可以寻到自己的前世与今生。

每到周末闲暇，三五好友一吆喝，开上车便出发了。也不知道为什么会喜欢这里，我根本不懂瓷器艺术，更分不清楚什么官窑民窑汝窑。只是在各种瓶瓶罐罐前穿梭回巡，便觉得无比的舒心。

同行爱摄影的小伙伴捡一片红叶，置放在瓦片渗透下来的丝丝光线里，拿着相机对着它各种姿势拍照，光影在这种专注安静的氛围里氤氲，心莫名的温暖感动。

那青花瓶前驻足的素衣女子，眼神清澈专注，纤纤素手轻轻滑过飘逸出尘的缠枝莲纹底，眼光里的热烈与青花的淡雅倾心交缠着，诉说着他们的一见钟情。

那份初遇的欢喜，惊艳了时光。

这个小城藏龙卧虎，汇聚了许许多多的能工巧匠。也许那个穿着工服，蹲在角落里专注做事的，就是闻名遐迩的艺术大师。

譬如那一日，就有幸遇到一位玩泥巴的余乐恩大师（他的资料，在百度上一搜一大把）。他定居北京，却有大半时间守在景德镇玩泥巴。没错，他的作品都是用泥巴烧制而成。

余大师有着火一般的热情，饱经沧桑的脸上永远带着阳光一样的笑容。工艺美院的年轻学子们都以拜倒在他门下为荣。他的学生从来都不叫他老师，给他起各种各样的外号，他和80、90后的青年，甚至00后的孩子都能玩在一起。

在他身上，分不出年龄。

能做他的学生，一定是很幸福的一件事吧。

他的工厂里，一堆一堆的半成品、废品让人叹为观止。他说，一件好的艺术品，要历经无数次失败，无数次的打磨，过程是五味杂陈，辛酸绝望复又希望。

其实人生不也是如此吗,坎坎坷坷历经沧桑,却始终饱含着希望。伟大的工匠们,他们的作品,用的不仅是精湛的技艺,还融入了生命的智慧。

素胚勾勒出青花,笔锋浓转淡。瓶身描绘的牡丹,一如你初妆。冉冉檀香透过窗,心事我了然……天青色等烟雨,而我在等你,炊烟袅袅升起……

周杰伦一曲青花瓷,唱得如此温婉动人,典雅脱俗。脑海中浮现的均是烟雨江南的唯美画面。似那白衣素裙的伊人在细数瓷片里的光阴,天青色盼望等来一场烟雨,素胚勾勒的青瓷,映画如水般的女子,在宁静中微笑,等待岁月的苍老。

风,吹来了落叶,飘落了庭前一片寂寥。你的美一缕飘散,去到我去不了的地方……

这一缕飘散的美,值得我们用一生去寻找,去等待。

隔江千万里,你,终会遇上你的伏笔。

有时间就去景德镇吧,或许在那里,前世的因,今世的果,来世的缘,你,都能遇到。

琵琶亭里数流年

窃以为,一个人与一座城的关系,不是选择上的必然,就是缘分上的使然。

那年毕业分配,同学纷纷南上北下,只有我一筹莫展。

本人胸无大志,脑如糨糊,极其不愿去人才济济的北上广凑热闹,也不甘心默默无名地济身打工一族。更不想再回到那闭塞落后的山村,成为面朝黄土背朝天的一介村姑。

权衡之下,曲线救国。离老家几十公里的九江就成了我的首选了。

临行时,校长再三问我:你确定放弃分配吗?我坚定地回答:当然,我要去九江。

在此之前,从来都没有来过这个城市,也没有一星半点的亲戚在此,她陌生如天边遥远的星星。如果硬要说点交集,那便是妹妹曾在九江学院读过大学。

我虽不认识九江,对它的名字却不陌生。语文教科书上,那首千古传唱的《琵琶行》,早已背得滚瓜烂熟。

浔阳江头夜送客，枫叶荻花秋瑟瑟。主人下马客在船，举杯欲饮无管弦。醉不成欢惨将别，别时茫茫江浸月。

这座江南的历史名城，在千年以前，就曾走过喧嚣，走过繁华，也走过萧瑟与寂寞。

浔阳江头，烟水亭里，多少文人墨客描绘过它，多少巨贾名流赞叹过它。绚烂过后归于平淡，时光见证了它的历史沧桑。

说起九江，就不得不说那座举世闻名的庐山了。她奇秀险峻，清雅脱俗。那奇峰，幽谷，清泉，以及变幻无常的云雾，灵动缥缈。这一缕飘散的美，令多少人魂牵梦绕，追随神往。

不止是现如今的我们，留恋她的大美，千年以前的文人墨客也对她情有独钟。

诗仙李白这样形容她：

香炉瀑布遥相望，回崖沓嶂凌苍苍。
翠影红霞映朝日，鸟飞不到吴天长。

张九龄这样描绘她：

日照虹霓似，天清风雨闻。
灵山多秀色，空水共氤氲。

苏轼这样感叹她：

横看成岭侧成峰，远近高低各不同。
不识庐山真面目，只缘身在此山中。

穿过历史的烟尘，千年以前，当李白在庐山瀑布前感慨"飞流直下三千尺，疑是银河落九天"的雄壮时，他并不知道，庐山瀑布会因为他这首诗而闻名天下。

这些诗意的美，灵动的秀，足以让我们心神向往了。

不止如此，九江还有接地气的俗。

彼时坊间流传一句话：天上九头鸟，地上湖北佬，三个湖北佬，抵不上一个九江佬。

九江人有一个响当当的总称外号：九扒皮。

这个外号亦正亦邪，亦褒亦贬，亦俗亦雅，又形象，又具体，又真实，让人巴不得立刻想去见识一下九江人的精明能干。

我站在三里街喧嚣的街头，感觉是如此的亲切，仿佛听见了这个城市对我的召唤。我在心里默默地下定决心，一定要将这座别人的城混成自己的故乡。

在商贩云集，尘土飞扬的街头，一辆辆农用中巴车你追我赶，互抢着生意。售票员魔性的九江话传入耳朵：一路，一路，到老马渡。

这是我听到的第一句九江话，亲切熟悉得像久违的乡音。我毫不犹豫地跳上一路车，只想去一睹老马渡的真面目。本以为老马渡是一个渡口，肯定会有涛涛江水，往来船只。然而我想多了，它不过是一个地名而已。

工作也找得异常顺利，凭着在学校里练就的打字速度，第二日便在一家文印中心找到了文员的工作。

和在商场上班的邻县三个女孩，共租了一间不足二十平米的小房子栖身。四张单人床，把房间塞得满满当当的。外间的洗衣池上面搁一块石板，点上煤油炉，支上小锅，便成了我们的厨房。

生活如此清苦，收入如此低微。不知为何，我们却如此的快乐。

碰上休息的日子，四个女孩骑上自行车，甩着长发，在一路的口哨声中，在浔阳街头的晴天丽日下，挥洒一路的笑声，一路的歌声，还有一路的开心。

去长江边吹风，去烟水亭散步，去好汉坡爬山，去新桥头烧烤，去四码头闲逛，去江洲岛赏花……

深夜卧谈，嘻嘻哈哈，银铃般的笑声会传出小小的屋子。快乐，像盘旋在闭塞空间里的湿气，经久不散。

我是一个晚熟的人，每天晚上四个女孩深夜卧谈，她们总在探讨如何想方设法地留在这个城市，如何交一个城里的男朋友，彻底跳出农门，成为一个城里人。我总是不置可否，在我简单的头脑里，可能考虑不到那么高深层面。

然而事与愿违，几年以后我们陆续成家立业，我这无心插柳之人却是最终留在这个城里的那一个。

集大山（庐山）大湖（鄱阳湖）大江（长江）为一身的九江，被誉为赣北的一颗明珠。说起她，人们总是会历数它的地理优势，什么临江靠湖，九省通衢，经济命脉，水陆四通，得天独厚……

可是，我又不会像琵琶女的老公一样航船经商，也没有条件像富家小姐一样常坐火车去旅行。所以，她的"大好"我管不了，也不想关注。

我只喜欢她的简单纯粹，她的温婉细腻，她的秀丽柔美。我只想在她的怀里撒着娇，打着滚，快乐说与她听，烦恼也说给她听，身与心都交给她保管着。

人生何处不青山，心安便是故乡土。在这个城市里，有过失望彷徨，也经历过辛酸苦楚。不管生活如何变化莫测，潜意识里，就从未曾想过离开她。

浔阳街头繁华如梦，十里大楼灯火辉煌。八里湖边风景如画，锁江楼上历数春秋。

　　一入浔阳误终身哇。经年久处,岁月悠悠,她已让我迷恋至深。离开久了,心里便升起无限的眷恋,只要双脚一踏入这片土地,便有了莫名的心安。

　　这心安,是家乡味,是故乡情。

凉风有信　秋日胜春

半寒半暖间，秋天已过半。

半急半缓间，一年已过半。

半梦半醒间，这一辈子也已快过半了。

人生一世，草木一秋，时光是最公正的裁判啊。人生该走的过场，该经历的喜乐忧伤，该来的，该去的，都会一一到场，一样都不会落下。

每个人，都会如此。

曾经无比贪恋青春年华的那抹亮色。如今，更欣赏屋檐瓦底的那片旧青苔，寂静无声，不与谁攀比斗艳，只兀自苍绿着，带着秋天的幽远与韵味。

今年的秋分与中秋相约一起，怀着些许深情，踏着温柔月色，款款而来。天地万物仿佛得到了信使报信一般，花草树木都不约而同染上了秋天的颜色。

秋色是最迷人的色彩，苍凉美好，寂静无声。它不需要招摇，不需要渲染，只一眼，便在心底灿若星河。

四季交替轮回，独对秋情有独钟，许是因为出生在秋天吧。择秋而生，骨子里是自带些孤独寂寞感的。相对春天的热闹喧哗，更喜欢秋天的那份沉寂萧瑟。

秋天是最走心的季节。每一缕清风，每一片落叶，每一朵白云，都浸润到了心里。那落日，那残荷，那南飞的孤雁，那蚀骨的寒凉，那清冷的月色，这一季的良辰美景都被漫成一幅幅缱绻缠绵的水墨画，才下眉头，却上心头。

古人素来喜欢悲秋，他们的心大概是水做的吧。对于季节的流转，对于花草树木的枯荣都特别有感慨。

白露伊始，淡淡的忧伤就浮上了诗人的心头。蒹葭苍苍，白露为霜，所谓伊人，在水一方。此时，夏天的暑气渐消，夏秋交替之时，昼热夜凉。一缕凉风吹过，身心俱爽，心头的悲也是淡淡的，似有若无，一抹相思，宛若印在心头的那片白月光。

到了秋分时节，秋意正浓，月色恰好。古人的悲秋之情又多了几分。问君能有几多愁，恰似一江春水向东流。写秋的诗词中，借月感怀的尤其多。诗仙李白就是这样一位特别钟情月亮的诗人。曾有人戏称，白哥这一生，只有一个真正的爱人，那就是月亮女神。他的诗词有三百多首都是关乎月亮的，譬如这首《秋风词》。

秋风清，秋月明，落叶聚还散，寒鸦栖复惊。相思相见知何日？此时此夜难为情！入我相思门，知我相思苦。长相思兮长相忆，短相思兮无穷极。早知如此绊人心，何如当初莫相识。

潇洒豪迈如李白，也有这样柔情似水的时刻，独揽一轮明月光，把刻骨的思念谱写成一首刻骨铭心的心曲。几许相思意，离人离上愁，绵延几千年啊。现在读来，也忍不住为诗人缠绵悱恻的真情动容。

坐在秋夜的灯火阑珊处，煮一壶花茶，望一轮明月，清风徐徐，月色撩人。这样的时刻，是适合相思的，是适合悲秋的，也是适合怀念那些柴米油盐中朴素相逢的。

偶翻一页闲书，仿佛应景似的，一首凄婉的词映入眼帘。柳永的《雨霖铃》，大概是所有悲秋诗词里面意境最深远的吧。

多情自古伤离别，更那堪，冷落清秋节！今宵酒醒何处？杨柳岸，晓风残月。此去经年，应是良辰好景虚设。便纵有千种风情，更与何人说？

诗人驰骋的思绪，万千起伏。在这季秋里，书写着黯然神伤，打开记忆舒展的羽翼，都是期待中的思念相逢。杨柳岸，晓风，残月，如此的良辰好景，却无人共赏。诗人将这一番惆怅，过滤到了心灵的国度里，醉了秋光。

其实，春去秋来，是一季过往轮回；风霜雪雨，亦是一种自然现象；古人悲秋，与国恨家仇，流离失所，踌躇不得志有关，也与生死离别，缠绵的爱情有关。

作为一个现代人，我们身处一个最美好的时代，再也不用背负那么多。只要自己愿意，就可以活得潇洒从容，再去伤春悲秋，就未勉有些做作与矫情了。

时光越老，人心越淡。对秋上了心，便成了愁，还是浅浅的喜欢吧。保持一颗乐观豁达心，怡然明净，对季节之秋的到来，怀着美好企盼。对人生之秋的到来，也不要有半点感怀忧伤。

春有百花秋有月，夏有凉风冬有雪。每个季节都有它的美好。让我们怀着一棵朴素的心，在起起落落的季节变幻中，看人生百态，品世态炎凉。

亦盼，能望见温暖，遇见爱。

凉风有信，秋日胜春。

如今再无车马慢，思念也不必拉得太长。如果，此生能有幸遇上你的心悦相融，不管春日，还是暮秋，都应感恩时光的温柔以待。

让我们，以秋的名义，一起坐看长天一色的朝夕！

赠你一枝春，可好？

  我曾不喜欢春天，它花团锦簇，明媚鲜艳，对于生性寡淡的我，终太过于热烈。似乎，寒霜浸染，深沉内敛的秋，更对我的胃口。

  不想，却在春天邂逅了你，缘分让我们在最美好的季节里相逢。从此，我便在心中种下了一个春天，充盈着花香与鸟语。

  你曾用炽热的深情，为我在岁月的书笺上写诗。用绵绵的情话，让每一寸光阴都充满诗情画意，让爱的旅程春光灿烂。

  下雨了，你说：

  下雨了，我接住那颗晶莹剔透的雨滴，像一滴眼泪，更像一颗心，我知道那是你的化身，张开嘴巴，衔住了它。

  起风了，你说：

  风来了，心自然动了。我在船心，河水载着流动。如果有月光，我站在窗前能看到你的羞涩，如果有流星雨，我会跳出窗户，抱着一颗去看你。隔着夜幕星河，我喊叫着你的名字，浮萍躺在湖心，肆意的游荡。伊是一剪梅，烙在心上。

花开了，你说：

捧起盛开的花蕾，心头宛如莽撞的白兔。眼眸流连忘返，不敢亲吻思念，怕不小心弄湿那两片鲜红的花瓣，只好多看几眼，再多看几眼，把它深刻在爱的记忆里。

回眸处，你说：

感受到你跳动的心，浣纱幔帐，红烛烈焰，楚楚动人，一万次的回眸，一万次的邂逅，一万次的相拥，你活在我的心里，梦里。

一切，因你而起，心似一匹脱缰的野马。你是我的生命里，惊心动魄的一朵浪花。是我心深处，一朵永开不败的春花。

人这一生，总要尝遍五味杂陈，总要历经冷暖交织，才能明白生命的真谛。上帝赋予我们每个人一颗热烈而悸动的心，如果不曾真正的爱过一场，不曾有过为爱痴狂，会不会是人生的一大遗憾？

曾以为，我的人生会一直平淡，激不起一点点波浪，却因你的出现有了传奇。曾以为，我的生命会一直黯然无光，凉薄寡淡，却因你的温暖折射出光芒熠熠。

我该怎样报答你？又该怎样感谢你？

我本就一无所有，心灵荒芜的像一个乞丐，是你给我带来了生命的绿意。

我无以为报，不如就赠你一枝春，可好？

我悄悄收藏每一缕花香，每一滴春雨，为你画一个春天，可好？

让春风轻吻你的脸颊，让春花明媚你的双眼，让春雨浸润你的心田。眉间微蹙，我用十指展平你的忧郁，让微笑赖上你，让快乐缠着你，让所有的美好都留在你身边。

或许，这个季节注定有一场花开荼蘼的沉醉。春来了，如你，浩浩荡荡，如期而至。请许我，以清风，以明月，以最美丽的姿色，默默执手，安静相陪。

当冬天过去，当春风苏醒，当燕子衔春泥，我在花丛中微笑，你从田野中走来。依依古巷，充盈着你侬我侬，长亭落日，飘散着浓情蜜意。

清浅流年，有你而精彩。唯愿尘世中的你我，相望相安，相知相惜，不负上天垂怜的美意。

坐着火车去远方

到省城出差,返程时发现最近的高铁要三小时后,查了下火车时刻表,有一趟半小时内的火车硬座尚有余票。短短一段旅程,高铁一小时就可以到的,这个火车晃晃悠悠要二个多小时。

现在生活节奏加快,每次出行都是飞机高铁,火车硬座好像已有好几年没乘坐过。

突然很想找寻一下曾经的记忆,就买了硬座票上了车。与其在侯车室空等,不如坐上火车看风景。

暑期开学的高峰期已过,这趟列车并不是很拥挤。我坐的这节车厢只有稀稀拉拉为数不多的旅客。车厢里,天蓝色的车套,白色的套头,显得温馨明朗。行李摆放有序,地上没有一点垃圾纸屑,整个车厢干净整洁。并没有记忆中的脏乱,拥挤和异味。

一股熟悉的气味扑面而来,庆幸自己的选择,这种感觉,才像坐火车嘛。

找个靠窗的位置坐下。置放好包包,我又习惯性地观察起车上的旅客。他们或躺或坐，不急不躁，神态安然。

邻座三个操着山东口音的男子在聊天，一个年长，一个中年，一个青年。我侧耳听了听，他们聊的可都是高大上的话题啊，什么地产，收购，电商，最近火热的新能源汽车也聊了好久。

许是因为有那地方的挚友吧，对他们也有了莫名好感，不由多看了几眼。青年男子拿出烟准备点上，看了看我，又放下火机。

我向他微笑致谢，心头些许感慨滋生。终于，和交通工具一起改变的，不仅是速度与效率，还有人的素质与涵养。

我并不知道这列火车从哪里来，驶向哪里去。其实，又何须知道，点头之交淡如水，不问来者，不问归途，谁与谁又能保证从起点走到终点。能陪伴的，不过是漫长旅途中的一程又一程。

突然发现，整个车厢的旅客，玩手机的低头族特别少，大家都热火朝天地聊着。他们有的都是刚认识的吧，却没有一点生疏感，不像高铁地铁里人们行色匆匆的漠然。我也索性把手机丢进包里，扭头看风景。

窗外，一幅幅跳跃的风景倏忽而过。时而是苍翠欲滴的山川树木，时而是平静如水的湖面，时而是青黄相间的稻田。正值黄昏，远处的天边还挂着一轮落日，它的余晖把灵动的风景都染上了一层红色，这大自然的变幻多端，当真是美得惊心动魄啊。

我像僧人入定了一般，傻傻地坐着，痴痴地看着，思绪被扯得好远好远。记忆的阀门一打开，往事便如潮水一般涌入脑海。

我是喜欢火车的，且还对它情有独钟。

出身贫寒的农村小孩子，虽然可以沐浴着清风明月在田间地头任性撒野，到底还是贫穷落后限制了想象。对于大人口中所说的火车，飞机，轮船，愣是想不出他们的具体样子。那时，村里来了一辆小汽车，孩子们都像看西洋镜一样围观。何况是那唱着轰隆隆的歌，扭着长长身躯的火车呢。

六岁时，外婆带我去县城舅舅家做客，站在舅舅家的阳台上，随着一声声刺耳的汽笛声响，那笨重的穿着绿衣的火车就冒着青烟哐当哐当从我眼前驶过去了。

它来得如此突然，令人毫无防备，快得还来不及看清它的容颜。我呆呆地看着心心念念的火车，驶向不知名的远方，一股快乐与忧伤的情绪同时占据着我的胸腔。快乐的是终于看见真正的火车了，忧伤的是什么时候能坐上它去想去的地方呢。

从此，坐着火车去远方成了我的念想。

那时的我还是很骄傲的。因为，在小伙伴面前，我是最早看过火车的孩子。我给他们描述火车的样子，他们的眼里充满了羡慕。

没想到刚上小学没多久，坐火车的愿望就实现了。当然不是坐着火车去走亲访友去旅行，而是坐着火车去省城治脚伤。放学路上被那只凶猛的狗追赶，狂奔时被骑自行车的人撞伤。

记忆中那彻骨的疼痛早已淡去，第一次坐火车的兴奋却记忆犹新。

腿伤痊愈后回校，小伙伴们围着我问坐火车的感觉。其实一个七岁的孩子哪里描绘得清楚，只得敷衍地说：坐火车就像坐摇篮一样。

现在想起，这句话是如此的形象妥帖，又如此亲切得让人感动。摇篮是每个农家的必备品，每个孩子小时候都睡过，熟悉的不能再熟悉了。那慢悠悠的火车，左摇右摆的不正像摇篮一样吗。

高中毕业后，小小的山村再装不下我的梦想。对外面世界的渴望像野草一样疯长。父母自然是不放心的，想方设法阻拦我远行。

但年轻是无知且无畏的。

在一个夏日的午后，我偷偷溜出家门，拿上事先藏在稻田的行囊，搭上村里的手扶拖拉机，赶到县城的火车站，用仅有的钱买了一张去往南方的火车票。

等车的间隙，爸爸发现我偷跑后匆忙赶来。

他大声呵斥我：跟我回去。

我说：就不。

我紧紧地拽着那张火车票，生怕被爸爸抢了去。老爸看我倔强得像只刺猬，无奈叹了口气，来到售票窗口，也买了一张南去的车票。

火车载着我的梦想出发了，我的心雀跃无比，身旁还有爸爸陪伴。他把我托付给老乡，把我安顿好才返程。

我一心想着坐上火车追求诗与远方，丝毫没考虑一个女孩子，在举目无亲，身无分文的状况下如何生存。

后来慢慢长大，求学找工作，为生活奔波，坐火车次数增多，也就变得习以为常了。喜欢坐在火车上看形形色色的人。一个火车就是一个浓缩了的社会，三教九流，什么人都有。

坐硬座车厢里的，都是社会上最普通的人吧。有辛苦求学的学子，穿梭往来的商贩，进城讨活的农民工，走亲访友的大众……天南地北的人汇聚于此。最原始的坐姿，夹杂着汗味香烟味，一副扑克牌，一袋瓜子就可以让他们熟悉到称兄道弟。

火车，连接着天南与地北，穿越晴天与雨季，承载着多少重逢与别离。见过多少父母挥手送别远行的孩子，见过多少孩子翘首等待打工归来的亲人。还有离别的情侣，隔着车窗玻璃哈口气，用手写上对方的名。重逢的爱人，只一个紧紧的拥抱，便胜过千言万语。

随着时代的发展，火车终有一天会被更先进快捷的交通工具取代。会慢慢淡出人们的视线。它带着一代人旅途的记忆，带着那些哐当哐当的泛黄岁月，渐渐远去……

在一个地方呆久了，心里总想着远方。多么想，和心爱的人有那么一场旅行，不要飞机，不要高铁，不要匆忙，就选择火车硬座。

坐在靠窗的位置，聊天，看书，赏风景。困倦慢慢漫过身，累了，就靠在他的肩头，窗外阳光照进来，懒散地洒在身上。

到一个不知名的小站，下去透透气，看小贩叫卖当地特产。或者心血来潮，干脆中途下车，到陌生的小城走走逛逛。

最好还配有一首老歌，就那首《站台》吧。

> 长长的站台　漫长的等待
> 长长的列车　带走我短暂的爱
> 喧嚣的站台　寂寞的等待
> 只有出发的爱　没有我归来的爱
> 孤独的站台　寂寞的等待

如果可以，我希望朴树演唱，他出走半生归来仍是少年。他声音空灵孤寂，带着沧桑质感，犹如绿皮火车的情怀。

这样的旅行，多么美，多么醉，一辈子，一次就够。

我听到歌里在唱：我的心在等待，一直在等待。

成都，带不走的只有你

　　和我在成都的街头走一走。直到所有的灯都熄灭了，也不停留。你会攥着我的衣袖，我把双手揣进裤兜，走到玉林路的尽头，坐在小酒馆的门口……

　　我开车行驶在下班的路上，音响里正播放着那首《成都》。我设置了单曲循环，百听不厌。狭小的空间里充斥着歌者赵雷干净通透的声音。

　　星光绚烂的舞台，他一身简单T恤衫牛仔裤。追光灯下，能看到散乱的发丝；眼神里还带着一丝紧张，还是那么腼腆的让人感动。抱着一把吉他安静地站在那儿，不迎合也不渲染，深情的唱着《成都》。

　　成都，带不走的不只有你，还有满满的回忆。

　　那年，一到成都，就着了迷。它没有北京城的大气磅礴，没有大上海的浪漫风情，亦没有广州城的时尚靓丽。

　　但她自顾自热烈着，不妖艳，不媚俗，不张扬，和谁也不争，和谁争都不屑。在浓烈的烟火气息里，独自妩媚成一道独特风景。

漫步在宽窄巷子的青石板路上。陶醉于古色古香的风情里，一个个店招名字吸引了我：子非，墨已，而已，宽巷子，窄巷子……惊叹中国汉字的强大，毫无关联的字组合在一起，竟然有了这么旷世的韵味，带着光阴的气息，余味悠远深长。

忍不住发了朋友圈，想和所有人分享这份恬静美好。继续逛吃逛喝，在人声鼎沸里流连忘返。

手机响起，成都的号码，熟悉又陌生的声音传来："美女，猜猜我是谁。"

以为是骚扰电话，正准备挂机。"我是大伟呀，真好，可以在成都见到你。"

"你也在成都？"

"是呀，半年前调来这里工作。刚看到你发的朋友圈，你潇洒到成都了，正好这两天有空，带你好好玩玩。"

真的是大伟，高中同学，多年未见，只听闻他在外面混得很好。他乡遇故知，这太让人高兴了，人生四喜之一呢。

相约在春熙路的街头，隔着十几年的光阴，那种感觉熟悉又陌生。他早已不是那个青涩的农家少年了，鲜衣怒马，年薪百万，在别人的城市里活成了成功的模样。

太古里的酒楼，他优雅熟练地点餐，说这里的削皮烤鸭最地道。我偷瞄了下价格，上千元一份，正想阻止，他嬉皮笑脸道：给个机会，让我在美女面前表现一下。

悠扬的小提琴声在餐厅里回荡，温暖柔和的仿古宫灯下，两个曾经贫穷懵懂的农村娃，品尝着红酒，热聊着人生，回忆着从前，憧憬着未来。

惊叹于大伟渊博的知识。他说，出来后就一直没放弃学习，白天上班，晚上报学习班。就这样逼迫着自己，一步一步走向今天。

他说，开弓没有回头箭，社会现实就是这样弱肉强食，不进则退。他说，当初带着团队，带着老板的资金与希望，开发全国市场，攻城略地，吃过多少苦，顶着什么样的压力，想起来就会感慨万千……

如今他们公司已上市，他也成了公司发展后的大功臣，算是实现了自己的人生价值。

在成都的日子，因为邂逅大伟，也变得分外精彩。

我们仿佛回到了少年时期，精力旺盛瞎跑乱逛。在百花盛开的植物园，拍出了独俏一枝春的傻样；在半山腰看城市的夜景，数万家灯火的温暖；在满塘荷叶丛中吃火锅，明明嘴巴辣的不行，额头汗珠密集，手里筷子依然不停往嘴里送。

在七情六欲中，果然是食欲最为凶猛。

大伟一边帮我捞着毛肚，递着纸巾，一边还不忘取笑我。

人生若只如初见，又似故人照月来，多美好。

多想，把余生的光阴都浪费在这里。在小茶馆里点一碗盖碗茶咕咚咕咚喝下，在树荫下，或打个盹儿，或看会儿书，或发会儿呆，就这样悠闲淡雅地老去。

成都，这个城，让人记住，更让人怀念。

伤春

不知怎么就谈到了死。

清明祭扫回来，十四岁的女儿在饭桌上突然说："如果我以后死了，绝不需要外婆那么排场的坟墓，也不葬在山上，扫墓都那么难行。一把火烧了，多干净。"

她见我没吱声，盯着我再次问道："妈，你说这样好不好？"

我知道她是上山害怕虫子，对花草过敏才有这一番感叹，却也惊讶于她的成熟，这几句话把我唬得半天没回过神，只好哭笑不得应道："这肯定是极好的，现在都是强制火葬的。你记住，我死后不但要把肉身全烧了，还要把骨灰也全撒了。我也不需要设碑立墓，不需要被怀念与铭记。"

她问："撒在哪里？"

我答："长江之畔，大海之巅，大山之顶，或田间地头，随便哪里，都行。"

她哈哈笑道："那可不行，清明节别人去扫墓，那我不是没事干了？"

这虽是母女间的一番谈笑，确也是心中的本真。质本洁来还洁去，化作春泥更护花。人这一生的终点，归于尘土，重返自然，或许才算是真正意义上皈依。

想起那年，当母亲带着满身伤痛咽下最后一口气，一屋子的哭天喊地也唤不回她半句回应。我眼睁睁看着一个人走向死亡，生命的气息一点一点消失。那一刻，我没有过多的悲伤，甚至没掉一滴眼泪。如果非要有一些词来形容此时的心情，那只剩平静与愧疚了。

我木偶般听从长辈的嘱咐，用毛巾仔细擦拭着母亲的身体，抚摸着她冰凉的手，看着那胸口因为放疗而大面积溃烂的伤口，血肉模糊，上面还粘着撕不掉的纱布。看着这具死了都没一块好皮的肉体凡胎，我曾经是这残败不堪的身体里掉下的一块肉，心里犹如烈火烹心，五脏俱焚，痛到无法呼吸。

如果可以重新选择，我们绝对不会在她生命的最后时段，明知回天无术了还送她去医院接受治疗。或许正是这种愚昧的孝心加重了她的痛苦。其实可以选择另一种方式，让她能稍稍体面地走完这悲苦的一生。这种负疚感，似一块石头，压在心上沉重得喘不过气来。

长辈轻声提醒，别把眼泪滴到妈妈身上，这样她会走不动的。其实我又哪里流得出泪来，真正的悲伤不在眼泪。生与死的离别，如果是一场与尘世痛苦的剥离解脱，又何须多余的眼泪。

爸爸带着风水先生去祖坟山给母亲挑选墓地。风水先生一眼相中的那块风水宝地，背靠龙山，眼前开阔，古木参天，绿树成荫，据说还在整条龙脉之上，子孙定会兴旺发达。

所谓知母莫如女，依着母亲勤勤恳恳，乐于奉献的品格。即使没有风水宝地一说，她死后，也是不会安歇的。定会想着法子，竭尽所能庇佑她的子孙后代。

女儿小时候看着神桌上供奉着祖辈的遗像，曾问我，是不是每个人最后都会变成祖先供在桌上。当我把母亲的遗照庄严肃穆地供上神桌，照片上的她端庄地微笑，眼神亲切随和。和她的眼神交流对视，突然意识到，这种离别多么残酷，隔着阴与阳的距离，生与死的界限，她永远都存在，却永远不得见。只能孤独寂寞地端坐在祭台，以祖先的形式，存在后辈子孙的心里了。

今年的清明节，天南海北的五姐弟终于凑齐。母亲的坟前鲜花萦绕，子孙们手擎一炷香，依次跪拜。口中念念有词，求她保佑这个健康平安，那个快乐成长。

母亲生前含辛茹苦抚养我们长大，死后也不负众望，在她的庇佑之下，这一脉相传，确实人丁兴旺，顺遂平安，兄弟姐妹互帮互助，互谦互让，形成了良好家风，这一派安宁祥和，母亲应该含笑九泉了。

如果这个世上真有魂魄神灵的东西。我们这些活着的人真的是自私透顶。生前享尽了她的福，死后还求着她的庇佑。她生前承受了那么多的苦痛，难道死后还要操劳我们的幸福，什么时候，才能为自己而活。

姐妹几个久不回乡，此次重聚，又重温起小时的诸多往事。听老爸讲村里的变化，家长里短的，异常亲切。

村前村后溜达，碰上与母亲同岁的婶子，六十多岁的她依然健壮挺拔，黝黑明朗的面庞，还是十多年前的样子，一点都不显老。如果妈在，应该也是这般年轻的，真是同龄不同命啊。

她叹喟着：如果你姆妈在，会把一切都收拾得妥妥当当等你们回来，哪里需要你们动手。我家的子女回来，都两手不拈香等饭吃的。你妈也是个没福气的，儿女都这么有出息，正是享福的时候，却那么没有寿年……

以为在春天里可以肆意抖落的悲伤，以为早已愈合了的伤口，以为岁月掩盖了的那些坚强，被婶子几句轻描淡写，冲击得体无完肤。赶紧寻着理由离开，不想让外人看见充盈在眼眶的泪水。无论春天有多明媚，热烈，依然冲不淡根植在心底的哀伤。

岁月穿行，世事无凭。人活的应该是一场缘。父母之缘，爱人之缘，儿女之缘……缘聚缘散，花开花落，注定都是一场擦肩而过。所有的悲欢离合终将归于历史的云烟。

何不让人生的这一场路过，活一场清澈，活一场洒脱。

如是春，是欣亦是悲！

婆婆的菜地

春困秋乏，碰上假期，不用赶早上班，不用接送孩子上学，这样的清晨好时光，当然睡懒觉最惬意了。

门铃突然响起，不知又是哪个淘气包按错门铃了。我睁开迷糊的双眼，不理会，继续睡。门铃却持续响着，像较着劲似的，不罢不休。我只好披着衣服起床，透过猫眼一看，不得了，公公正站在门口，一手叉腰，一手不停地按着门铃。

踩着拖鞋急忙下楼，老爷子提着两袋蔬菜送到我手上，嘴里埋怨道：你们这些懒家伙，你妈辛辛苦苦种好的菜，不仅不去摘，就是摘好了也懒得去拿，还要我一家家亲自送上门来。

我一个劲的陪着不是，再三保证这个菜吃完，一定亲自去菜地里摘，确保不让老妈的辛苦白费。

老爷子走后，我把两袋蔬菜打开，品种可真不少。白菜、萝卜、芹菜、大蒜、香菜等十来个品种。我就觉得奇怪，婆婆一个常居城市的老太太，是怎么搞到这么多品种的蔬菜种子。

除了蔬菜外，还有一袋子炸好的鲫鱼。不用说，这一定是老爷子垂钓的战利品。老爷子喜欢钓鱼却不喜欢吃鱼。每到周末天气好，都有人请他去垂钓，他也不亦乐乎。只是每次钓到的鱼，回家了又剖又杀，有时还要煎好炸好，再分成三袋子送到三个儿女家中。

婆婆风里雨里不辞辛苦地种菜，不是因为生活上的困苦，也不是因为闲情逸致。她是担心市场上的蔬菜打过农药不安全不健康，才苦心巴力地种有机蔬菜给我们吃。

可是我们并不领情，有时候就是摘好的蔬菜也嫌麻烦懒于去拿。每到春天，婆婆心里就着急，地里的菜噌噌地往上长，白菜起苗开花了，芹菜老掉了，萝卜长醭了……两个老人又吃不了那么多，我们不去拿来吃，就白白浪费了那些菜，枉费她的辛苦。

为了不让婆婆看着菜地着急，我每次都多摘几袋子，自己吃不完，就往邻居朋友那里送。我住的小区，不仅对面的邻居，就是楼上楼下，甚至小区超市的阿姨都吃过婆婆种的蔬菜。

都说城里人情淡如水，钢筋水泥的丛林里没有温暖。可我们小区邻里关系都特别和睦，碰上加班的日子，一点都不担心孩子没饭吃，早就被邻居带去家里了。或许，这种亲密的邻里关系，正是基于几棵白菜的情谊。

婆婆并不是一个一辈子没离开过农村，逢年过节盼望儿女归家，再张罗一桌好饭好菜的农村老太太。人家可是根正苗红的军官太太，看她出国旅行的照片，苗条修长的身材，端庄得体的装扮，俨然一个绰约多姿的大家闺秀。

可是，在菜地里忙碌的她，脚穿胶鞋，手戴袖套，头戴草帽，身穿一件破旧的工作服，挥舞着锄头，那形象活脱脱就是一个地道的种田妇女了。

婆婆的菜地可不是一块普通的菜地。它位于城市繁华地段，与车水马龙的街道一墙之隔。原是部队医院准备做成门面出租的，但因为上面有规定不能作商业用途，所以一直闲置着。大院的家属就你一小块我一小块圈起来种菜了。

此地段门面都要卖七八万块一平方。所以，在这么昂贵的土地上种出的菜应该格外香甜一些吧。

为了这块菜地她可没少花心思。首先肥料就是个大问题。她种菜地的目的就是让我们吃上新鲜的有机蔬菜，所以对肥料的选择特别严格。

在城市生活，又不可能有乡下的什么猪粪牛粪沤肥，她千方百计地打听到郊区有卖菜籽枯饼的地方。到了周末，就拉着公公一起坐公交车去郊区买枯饼。

公公觉得自己以前好歹是领导，还去干这种粗活农活，丢了自己的脸面。但看着婆婆一个人辛辛苦苦的付出，又不忍心，只好陪着她去。

两个快七十岁的老人，能有多大力气，他们就一次少买一点，多跑几趟来回奔波。燕子衔泥一样，一点一点地往家搬运。我们屡次劝说他们不要去种菜了，不要那么辛苦，家里又不缺那几个买菜的钱。可是他们仍然一意孤行，继续辛勤劳作。

今天的晚餐，切几片自制香肠，和刚从地里摘来的包菜在一起翻炒，竟满屋的香味。女儿跑来尝过，夸张地大叫：好吃得要哭了，从没吃过这么好吃的白菜。

能不好吃吗？这些菜，不仅有风的味道，雨的味道，汗水的味道，更多的，是爱的味道。

七月，无尽夏

六月的最后一天，朋友圈广为流传一段话：今天是个很特别的日子，过完今天，这周就结束了；过完今天，这个月就结束了；过完今天，上半年就结束了。

日子飞一般流逝，不知不觉间，上半年就这样草率收场，一只脚已华丽丽地跨入了七月的流火。

七月伊始，沙滩上的星空屋招了一个兼职的小姑娘。她长相甜美，刚满十七岁。通过熟人介绍进来，开学就读高三了。

在我的理解当中，高三党正是学习最紧张的时刻。在这个分数为王的时代，谈什么德智体美全面发展，一切都该给分数让步的。

朋友家也有即将上高三的孩子。他们那个紧张劲早就溢于言表。早自习晚补课，从没有节假日之分，日日在题海遨游，丝毫不敢松懈。平时买个早点也要算了又算，每节几百元的一对一补习，却舍得毫不犹豫地一掷千金。

所以，找一个高三党的孩子来兼职，且尚未满十八岁，人家又在市一中就读，能考进那学校的，成绩应该都不错。这赚钱事小，耽误了人家的大好前程，那可是罪过啊。

确实心有戚戚焉。

我问小姑娘：你兼职确定不会影响学习吗？

她笑着说：不会的。高三其实不用那么紧张。我同学他们天天补课，表面看起来很认真的样子，实际上还不是天天在偷偷玩手机。我只要把时间安排好，就不会影响学习的。

她说出来做暑假工也是父母允许的，想锻炼一下自己的能力，检测一下自己能不能适应新的环境，不想一味吊在读死书这棵树上。顺便也能给自己挣点学费和零花钱。

这是一个非常有思想有主见的女孩，直觉告诉我，她会很能胜任星空屋的工作，看她情真意切的样子，我决定留下她。

小姑娘确实不错，积极阳光，做事主动，嘴甜腿快。我偶尔去现场，她还给我提了不少有效的建议。心里莫名就喜欢她，作为老板来说，这样的员工是很深得人心的；作为家长来说，有这样懂事的孩子是值得欣慰的。

我知道不该比较，每个孩子都是独一无二的天使。但想想自家的那个懒姑娘，这么优秀的别人家孩子，内心深处还是不自觉涌出了一丝羡慕之情。

在博大精深的教育面前，我从不敢妄加评论。对于高分学霸，也由始至终怀着深深的敬仰。家有资质平平成绩不出众的小女，更是少了几分底气。

然而相对两耳不闻窗外事，一心只读圣贤书的书呆子，我更喜欢像这个小姑娘这样自信，阳光，努力上进的孩子，也欣赏她懂得顺势而为的思想见地。

退一万步讲，即使她高考失利，没有考上理想学府，凭着她这乐观积极的人生态度，又何愁没有一个锦绣前程。

所有的家长都希望自己的孩子自强自立，人格健全，能与社会和谐共处。即如此，又何必纠结分数而不能自拔。

上次与女儿闲谈，深切表示了对她学习不当一回事的态度表示担忧，告诫她未来面临着怎样残酷的竞争环境。

为娘的我口干舌燥讲了半天，她竟深不以为然。轻描淡写地告诉我：无需操那么多闲心，她虽然成绩不出众，但也在努力学画画跳舞，努力阅读增长知识，就算以后当不了学术派，也会储备更多的其他技能当备胎，走好人生这步棋。

闻听此言，还是有些欣慰。有些焦虑，不过是大人强加给自己的。现在的孩子，面临着一个万花筒般的世界，他们的思想见地也是不一般的开阔。引导他们如何适应这个社会，增加危机感，储备各种生存技能，永不停止一颗学习的心，显然更为重要。

七月放榜，十年寒窗苦读，几家欢乐几家愁。这注定是一个不平凡的季节，有失落，有欣喜，有泪水，有欢笑。七月，是一半的结束，也是另一半的开始。它一头担着过往，一头牵着希望。

盛夏酷暑，多少花草树木正在承受流火的考验。却有一种植物顶着烈日而盛开，它的名字也特别，好像和花草无关似的，它不叫花，而叫绣球。

绣球中有一个品种名叫无尽夏，花语就代表着希望。很喜欢这个性十足的名字，淡淡的蓝透着清新淡雅，它不是一朵一朵的盛开，而是成片成片的怒放，最终开成了一个球的形状。无比地洒脱高调，又无比地热烈张扬。

行者皆寂寞，寂寞也洒脱。七月的无尽夏，正像这样一个无意争春的行者，不为过去担忧，不为未来迷惘，就这样热烈着，寂寞着，也洒脱着，轰轰烈烈开在必经的路上。

第二辑　人间的风景

我们仨

我们仨不是一男一女一孩，我们仨是三个女人一台戏，是打不跑吵不散差不离的铁蜜。

我们建了一个群，自封靓女群，不是说容颜有多娇美，自认我们活得还挺靓。没事时约吃约喝约玩约聊，不亦乐乎。

我们仨出门闲逛，可以从店家开门逛到打烊。上次在茶楼喝茶，一直聊了七个小时。

朋友惊呼：你们真彪悍，隔三岔五就见面的，哪有那么多话说不完。其实想想，却想不起到底聊了些啥。

昨晚，陶蜜蜜在朋友圈发了一条动态：

生活，工作繁琐时，内心需要一种禅能量。静室之中，独处！燃一支倒流香，聆听音乐，无不乐哉，让浮躁的心彻底可以安静下来。

配图是视频中的潺潺流水，袅袅轻烟，配音是一曲高山流水。

这条动态，从配图，从文字，从神态，从气质，都是一个婉约极致的生活美学家了。

陶蜜蜜正是如此一个活色生香的女子。

她家的儿子，正处叛逆期却从不叛逆。温顺，懂事，孝顺，明事理。我家十三岁多的闺女都不会再跟着我去串门，她家十七岁的儿子会牵着父母的手去散步。

夫妻两人恩爱如初恋，老公对她宠爱有加，言听计从，每天都做好或买好早点等着老婆起床，十几年如一日。

陶蜜蜜善持家，会做美食，父子俩被养得白白胖胖。精心养的花花草草，把家里装扮得温馨明媚，鲜花绿草不断，一派勃勃生机。

其实，她只不过是一个公司的小文员，老公是国企的一位普通职工，他们的物质条件并没有那么富饶充裕，却能在平凡琐碎的日子里过得有滋有味，不得不让人佩服。

休息的时候，一家三口驾车游山玩水，吃吃逛逛，其乐融融。

她喜欢瑜伽，喜欢音乐，喜欢玉石，喜欢陶艺，所有向美而生的东西，都是她的最爱。她妆容得体，温婉大气。她近庖厨，却能让自己免去烟火的俗气。她置身凡尘俗世，却能有山茶花一样的雅致淡然。

她经常在朋友圈里晒美食，花草，禅语，音乐，她的生活不仅有人间烟火，还有高山流水与闲情逸致。

如果说陶蜜蜜是一朵清新淡雅的山茶花，那玉美人则是一枚暗香浮动的白百合了。

初识玉美人，是在一台晚会上。她身着裁剪合体的红色晚装，妆容精致，吐字如兰。娇小玲珑的身影，干练幽默的主持风格，Hold 住了全场。让大家不约而同的随着她的肢体，她的语言进入了晚会高潮。

和玉美人相处之后，才知道，她家闺女都读大学了。据说女儿小时候最不愿意做的一件事，就是妈妈去开家长会，因为同学都说妈妈是姐姐。真是一个受老天垂怜的冻龄女神。

不像我与陶蜜蜜，从小吹着山野的风长大，路子比较野。玉美人出生于知识分子之家，优雅，端庄，充满了书香气。带女儿去参加我们的小型聚会，女儿到家就跟我说那个阿姨好优雅。

看，她的气场连小孩子都能感觉到。

玉美人本可以靠颜值，却偏偏才华担当。当过讲师，做过编辑，兼着主持人，还写一手好文章。凭着能力，拿到国家企业培训二级讲师证，还是国际西蔓高级形象顾问。

去年她创办了形象礼仪工作室。我与陶美女，近水楼台先得月。有事没事就相聚她那里，缠着她传道授业。

玉美人心思细腻，美丽优雅。作为一个高级形象顾问老师，她的穿着打扮，美到极致。从丝巾的搭配，发型的梳理，鞋帽的配色，都极其讲究。风格可清新，可浓烈，浓妆淡抹总相宜，淡扫蛾眉美如玉。

身边有如此尤物做闺蜜，我这个清汤挂面不施粉黛的怪物在他们眼里，就显得特别奇特。玉美人直呼看不下去了，混迹江湖四十余载，连个耳洞都不打的女人，得随性到什么程度，不仅如此，还连发都没染过。

玉美人说，简直是浪费资源暴殄天物了。她拎着她的大箱子来到我的办公室。用西蔓色彩管理学，测出了适合我的颜色。让我扔掉了一大堆不适合自己的东西，然后给我盘了头发，化了淡妆，换了裙子。

我站在镜子前，看着那个有点陌生的女子。嘿嘿，别说，打扮起来还真像那么回事儿，化妆能让我如此美丽。

玉美人说，一个女子，戴着精致的耳环，耳坠随着一颦一笑，摇曳生姿，这种风情，没有哪个男人能抗拒得了。

青云教绾头上髻，明月与作耳边珰。想想，确实如此，身着华服，高挽着发髻，耳边钗环摇曳，不止男人，我也喜欢这样灵动鲜艳的女子。

为了她这一席话，我生生放弃了多年的坚持。再见面时，她见到我耳朵上闪烁的银色耳钉，脸颊飘着红晕，说我终于有点开窍了，孺子可教也。

生命是一树一树的花开，时光可以带走我们青春的容颜，却带不走时光淬炼后，那种刻在骨子里的气场。去掉了那些个天真，繁杂，如陈年的普洱，浸泡出醇厚的味道。

中年如茶，女人当如普洱，绵柔醇厚，岁月留香。我素手拈茶，一杯敬过往，一杯敬明天，一杯敬我们仨。

愿时光不老，我们不散。在不可预知的生命里，一样有风，一样有雨，也一样会有阳光！

你是我此生最暖的灯火

人来世上这一遭,便是与许多温暖相逢。让我们人间相伴,潇潇洒洒,看尽人间繁华。

放学时,你拿出一个精致的小盒子递给我说:妈妈,节日快乐!

一枚黑玫瑰戒指,一个毛毛球钥匙扣。我把戒指套在手指上,新潮时尚,虽然才值五元,却比得到五千的礼物还要开心。

你脸上巧笑嫣然,眼底一抹明亮,空气中有春天香草的气息。

温暖,一下子冲进我的心里。感谢光阴,终于让你长成了那个衣香丽影的阳光少女。

从来,我都是随性而懵懂的,糊涂到从来记不住任何亲人的生日,包括我自己的和你的。

这点不随我,你从小心思缜密。每年三八妇女节,母亲节和我的生日,都会收到你的礼物。有手工做的贺卡,亲手编的手链,稚气未脱的绘画等等。

读小学后，每年三八妇女节，都在学校门口买钻戒送我。细数下，已经有五六个了。我退下真戒指，戴上你送的玻璃钻，心里满满的欢喜。

你说，等你长大赚钱了，就给我买真的。

好的，我等。

同学调侃我，把三元的钻戒，愣是戴出了三万的气场。我承认，戴这样的假钻，是需要勇气的，是你给了我勇敢与无畏。

我从小胸无大志，少女时期的梦想，不是功名利禄，不是成名成家，不过是想有一个灵仙的宝贝女儿，可以一起数星星，看月亮，走过四季更替变化，陪你一起长大。

为此，我一直在等你。

尽管过程如此之长，你，还是来了。

你是个天生自带发光体的小太阳。才刚学会走路说话，和我们家那条街上的人都混熟了。每天，阿姨带你出门溜达，每家店都要进去打个招呼说哈喽。你萌萌的神情给大家带来了多少欢笑。

多想，在这样的晴天丽日中，护你周全，看你无忧无虑地长大。然而，世事难料，很多时候，事情都会偏离它的轨道，譬如婚姻。

在破碎的边缘苦苦挣扎，无非是想护住那一个完整的家。凄风苦雨的争吵中，爸爸情绪失控，把疯狂的拳头挥向了妈妈。在妈妈的呻吟中，你丢下正在玩耍的玩具，冲过来抱住妈妈的头，怒目瞪着爸爸：不许打我妈妈！

我赶紧推开你，怕已失控的他伤到幼小的你。然而，你不顾一切地再次冲上来，小小的身体护住妈妈的头，任凭我怎么推，都不肯撒手。

因你的无畏勇敢，妈妈免受了更多的皮肉之苦。缘尽于此，婚姻的最终结局无非是一场离散。唯一怨恨你爸爸这一点，当着你的面打妈妈，在你阳光灿烂的心底留下阴影，在小小的年纪承受不该有的负重。无数次被人问及爸妈为什么分开，你的回答都是：因为爸爸打了妈妈。

面对选择，你同样没有半点犹豫，义无反顾地选择跟着妈妈。

为了取得你的抚养权，我几乎净身出户。站在街头，茫然失措，不知脚步该迈向何方。失意，彷徨，痛苦，忧伤，绝望，种种坏情绪几乎压垮我，失去多年打拼的事业，失去燕子衔泥一样垒起的家，我的人生跌落至最低谷。

泪目欲弦，触及你无邪的眼。自始至终，你在这场风雨飘摇中，不哭不闹，乖巧懂事，好像从未掉过一滴眼泪。

心中莫名有了温暖，也有了力量。

或许，我此生来到这个世上的唯一理由，就是为了与你相遇。你，真的是上天派来解救我的小天使。

亲情的慰藉给了我们另一片蓝天。在妈妈从小长大的城市，我们选择了重新开始。告别从前出入有车，保姆接送的生活，你坐在我身后，紧紧抱着我的腰，电动车奔跑在路上，我的心里踏实而暖意融融。

有你相陪，风雨何惧。

忙于工作的我，每次去幼儿园，都是第一个把你送到，再最后一个接你离开。你毫无怨言，乖巧的让老师心疼。

见我始终郁郁寡欢，愁眉紧锁。你蹦跳至跟前，小手抚平我紧皱的眉，哄我说：妈妈别不开心，我回头去帮你找个疼你爱你一辈子的老公。

外婆不禁唏嘘，才四岁多的孩子，如何说出如此成熟的话语。你的心里，到底还是装了不该有的沉重啊。

既如比，那就坦然接受吧。如同接受花儿会自然盛开，也会自然枯萎一样。没办法给你一个完整的家，也没人为我们遮风挡雨，只能学会自己撑伞。

每有应酬，无论多晚，你都会亮着灯等我回来再睡。那个小小的脑袋，扒在窗台边，一遍又一遍看着路边，及至看到我的车进了小区，才迅速地钻进被窝装睡。我知道，并不是你非要妈妈陪，是你担心妈妈的安危，才忍着瞌睡盼着妈妈早点回。

八岁，你缠着妈妈要学做饭。节假日时有忙得顾不上你，你会自己煮面煎蛋打发自己。

十岁，会做简单饭菜，有时踩着高跟鞋在工地忙碌一天，疲惫回到家里，你已做好两菜一汤坐在桌边等我。吃着你亲手做的饭，幸福的泪水滴落在碗里。

从小，你琴棋书画学了个遍。我告诉你，没必要勉强自己，学习本来是一件快乐的事，只挑自己最感兴趣的去坚持。

途中，你先后放弃了围棋和古筝，却一直坚持画画和跳舞。你最喜欢画漫画。你说，长大要买一栋漂亮的房子，院子里开满各种各样的鲜花，你在里面画画，妈妈在里面看书喝茶，想想，多美好。

公司生意稳定后，每年，我都会抽时间，带着你天南海北旅游。细算起来，我们已经差不多走了大半个中国了。

如今，你十二岁了，俨然一个小大人。每次出门，都是你做旅游攻略，你说去哪我就陪你去哪。上网，查地图，订酒店，制定路线，你完成得一气呵成，老到熟练。

而我，只负责带着钱和跟着你。

所有走过的路，受过的苦，都转化成了你独有的能量和气场。独立，阳光，自信，有爱心，你在向阳而生的路上，不偏不倚。

和妈妈出去聚餐，会主动帮忙照顾比你小的弟弟妹妹。省下早餐钱，只为买火腿肠给街边的流浪狗。

你的心里，始终住着善良。

在重庆的一个月，你跟在做生意的叔叔后面，混得如鱼得水，叔叔夸奖你大气，待人接物落落大方。丝毫没有单亲家庭孩子的敏感自卑。

去南京的旅途，你与同行的伯伯海阔天空闲聊，二三十年的年龄差异，竟毫无违和感。伯伯问我有什么教育方法。我哭笑不得地答：全凭放养。

他点头附和：很好，这个女孩很不一般。也许你的方法歪打正着了。

你跟着我，从小颠沛流离，我能给予你的，唯有陪伴，唯有不离不弃，哪里需要什么方法。

大千世界，芸芸众生。我和你，如小草一般，卑微渺小，却有着极强的生命力，见风就使劲长，见阳光就灿烂。

我失过业，失过婚，后来又失了母。所幸，我还有你。你就是我的人间四月天，是我在这世上最暖的灯火。

回家的路

老家有个风俗，出嫁的女子，不能在娘家吃年夜饭，必须正月初二才能回娘家，说出嫁女子在家过年会带走娘家的财气。

我妈在世时，也是极其讲究风俗人情的。比如吃年饭不能乱讲话，不能摔杯子掉碗筷，正月初一不能晒衣倒垃圾等等，都要求我们严格执行。却对"不能在娘家过年"这个风俗深不以为然，每年都提早洗洗晒晒，张罗吃穿，呼儿唤女，一大家子必招呼在一起吃年饭。

所以，无论多远，无论多忙，每到过年，我们都会放下所有理由，坚定地踏上回家的路。吃着妈妈亲手做的饭菜，躺在充满阳光味道的棉被里，心里是满满的心安与温暖。

后来，妈不在了，所幸爸爸身体健康，弟媳贤惠能干，我们姊妹天南海北，有时不能聚在一起吃年饭，但还有娘家可以回。

大年初一下午，回家心切，也管不了什么风俗，电话请示老爸后，开上车就往老家奔去。虽然离家也不过几十公里，一个多小时的车程。平日里也经常来来去去，思乡之情应该没有那么浓烈的。

可是越到过年，越像急着归巢的鸟儿，回家的心越发热烈。

到了县城，接到爸爸的电话，六十多岁的老人嗓门洪亮，大声说，从新路过来，二十分钟就能到，别绕弯道了。

开车飞驰在宽阔平坦的公路上，穿梭于青山秀水之间，不由心潮起伏。原来回家的那条土路，一路颠簸，从县城到家里，得花几个小时。

家乡的小村，四面环山。进出只有一条不足两米宽的泥巴土路，刚刚够一辆车勉强通行。不说有山路十八弯那么曲折，那也是左扭右拐的蜀道难行。陌生人进来，定会迷失方向。孩子他爸跟我回了那么多年的娘家，竟然不敢自己单独去乡下。因为岔道口太多，他永远云里雾里搞不清楚方向。

所以这个村庄，是名副其实的山里人家。而我们，被冠冕堂皇的称为山里人。

小时候，去一趟县城，要半夜起来打着火把走十来里的山路。只为能赶上早晨六点的那一趟早班车，班车只有早晚各一趟。等到晚班车回来，又得点着火把回家了。

因为山路难行，交通闭塞，村里许多老人，一辈子都没上过县城。我在十岁之前，最远的地方就是去乡镇的街上赶赶集。

弟媳妇第一次来老家，就对这个"芭茅割颈，黄泥巴搭脚"的不毛之地产生了恐惧。我妈也觉得，一个娇滴滴的县城女孩，嫁到这样一个穷山恶水的小村，肯定是吃不了苦的。因此，相看两生厌，这门亲事差点就黄了。

也许爱情的力量是伟大的，可以跨越一切的贫穷落后，克服一切的困难。也许是上辈子注定了的姻缘，几经转转，这个城里姑娘还是成了山里人的媳妇。

那时的我，是一枚鲜艳的略带忧郁色彩的农村少女。当我叼着狗尾巴草，悠闲地躺在牛背上，看着飘来荡去的蓝天白云。多想自己也变成了一片云，随风而去，飘向远方。

那时，特别羡慕春天归来的小燕子，觉得自己活得还不如一只鸟，燕子都知道外面的天空有多宽广。

当我在金水舅的土房子前，听到从他家唯一的收录机里传来的那首歌，崔健在深情卖力地吼着"外面的世界很精彩，外面的世界很无奈……"

我站在墙角边一直一直听，许久没有挪开脚步。这首歌对于小小的我来说，是那么的充满了诱惑，无异于一场醍醐灌顶的洗脑风暴，无奈是什么，不知道。我只知道，外面的那个世界很精彩，这就够了。

后来，我背着行囊，怀着雀跃的心，顺着这条崎岖的小路，走出了山里，走向了不知名的远方。我在心里发誓，再也不要回到这个贫穷落后鸟不拉屎的鬼地方。

在城市钢筋水泥的丛林中穿行，在冷漠无妄的人海中游走，在尔虞我诈的商海中摸爬滚打，当我们习惯了冷漠，习惯了手段，习惯了防备。当我们拥有了房子，票子，车子，看似实现了自以为是的理想。

可是，不知为何，背井离乡的日子，总感觉从来都没有真正的欢乐开怀过，心里总是空落落的，充满着焦虑与烦躁。只有踏上那条回家的路，才有莫名的心安。

不管身在何方，这条家乡的小路，一头连着家，一头连着外头的精彩。它记载着小村的荣辱兴衰，见证着一代一代人从孩提走向成年再走向暮年。我们从这里出走，又从这里回来。

路虽然坎坷崎岖，但它永远不会嫌弃你。不管你在外面混得好与不好，都可以顺着这条道回家。它义无反顾地等着你，敞开心胸洗去你满身的疲惫。

近年，新农村建设如火如荼，村村通上了公路，村前那条土泥巴路，也终于变成了水泥路。虽然还是那么狭窄，却再也不用晴天一身灰，雨天一身泥了。

路好了，交通发达了，农民的日子也越过越好，发生了翻天覆地的变化。家家户户都盖上了小洋楼，院门口停着小轿车。这原来在电视里看到的新式农民，终于在自己身上变成了现实。大部分的农家，还在城里置业买房，城乡差距日渐缩小，新中国的农民，终于可以挺直腰板当主人了。

家乡的这条土巴路，可不是一条普通的路。他连同村后那座叫做万家岭的青山，一起载入了中国的史册，注定将被万古流传。

抗日战争时期，这条道上也有千军行走，万马踏过。1938年，著名的国军将领薛岳将军，巧设"口袋阵"，在村后面万家岭一带，歼灭侵华日军整个106师团一万多人，史称万家岭大捷。

叶挺将军评价万家岭战役："万家岭大捷，挽洪都于垂危，作江汉之保障，并与平型关、台儿庄鼎足而三，盛名当垂不朽。"

万家岭大捷虽与台儿庄大捷齐名，一直没有得到大力宣扬，知道的人并不多。小时候经常听说要在这里来拍抗战电影，每次都是不了了之。

如今，终于赶上了好时代。让老爸引以为豪的那条新修公路，就是为万家岭战役新修的旅游专线。有了这条路，万家岭终于可以揭开它的神秘面纱了。

将有千千万万的人来此缅怀先烈，接受爱国主义教育。学习革命军人为赴国难不畏强暴，虽死犹生的顽强战斗精神。

让我们，铭记先烈们用生命和忠诚铸成的这座丰碑，它将千秋万载永远耸立在人们的心中。

万家岭半山腰的金山寺，曾经是国军的抗战指挥部。它见证了那场伟大战役的壮烈与不朽。也见证了山下那条羊肠小道变成通天坦途的历史变迁。

我站在金山寺前。俯瞰着山下那条平坦宽阔的马路，在连绵起伏的群山之中，它依着山谷，穿过树林，像一条美丽的玉带一样延伸至远方。

雄关漫道，风雨沧桑。这条路，离不了开荒拓路的创造者，离不了勤奋善良的劳动者，离不了前赴后继的建设者，也会如歌里唱的那样，为山区儿女带来幸福安康。

幸福的种子　宿命的棋子

　　看好友们写的情书与情诗，那些个狗粮撒的，让这个凄风苦雨的寒冬也变得暖意融融，冷空气似乎都放缓了脚步。

　　本来，那些甜甜蜜蜜，卿卿我我，就不关咱这中年妇女啥事儿。人生匆匆几十载，几许青葱几许沉醉，那些情呀爱的往事，谁又没有呢。虽然带着泛黄的印记，还是可以从记忆里扒拉出来的，就算下不了酒，也可慰慰风尘。

　　如果不是这次征文。也许这辈子都不会想到，写下关于你的只言片语。

　　毕竟，有些爱即使再深，都已随风而散。有些情即使再浓，也只适合在心中雪藏。

　　我们有过爱情吗？从来都没想过这个问题。我从没对你说过那三个字，你也很少对我提及。

　　在这样一个飘雨的冬夜，我倚在床头，拿着手机记录这些文字时，青春年华的那些过往，像一碗陈年的米酒，就这样飘飘忽忽，暖了夜，也湿了眼。

恨你，我真的做不到！即使你伤我，负我。

分开几年了吧，现在想起来，浮现在我脑海里的，依然是你背我上楼的样子；抱着吉他给我弹《致爱丽丝》的样子；把电筒抵在舌头底下装鬼吓我的样子；几分钟不见就满世界找我的样子……

那时，我们白天在一起开店形影不离。回到家里，一会儿不见。你就追问你妈妈：我老婆呢？

你妈气急：我又没有把你老婆拴在裤腰带上，你又没有出钱让我看住她，天天找我要什么？

也许是我们在一起，腻歪的时间太长太长。比起那些两地分居的夫妻。十二年的朝夕相处，应该，抵得上一辈子。

我妈说我从小脑子就少根筋。自从跟了你，从此山高路远，静水流深，我的世界里再也容不下别人。

相识那年我二十三岁，你二十六岁。在人生最美的年华，没有早一点，没有晚一点，我们相遇了。

那时的我不过是一个乡野村姑，在这个城市里孤苦伶仃地挣扎在社会最底层。

你那么优秀，家境又好，却偏偏看上了我。

我骨子里其实是自傲又自卑的。面对你的疯狂追求，不敢接受，只有选择逃避。犹豫彷徨，想爱不敢爱，我被这种复杂矛盾的心情时时刻刻折磨着。

你霸道直接，每次去找我，先买一大堆的零食给同宿舍的姐妹。到后来她们零食一吃完就说，你男朋友怎么还不来啊，你不想他我们都想他了。

想起来，是不是很好笑。

晚上约我，如果我不出来，你就站在门外一直一直叫我的名字。那高亢有力时高时低的声音，惊动楼上楼下所有邻居。

我气得骂你神经病，你说愿意为我发神经。

那次我辞职，老板竟然毫无理由扣押我两个月工资。你知道后陪我去讨薪，我在里面和老板谈。言语之间和老板吵了起来。

你冲到里面，二话不说把老板推倒在地说：知道她是谁吗，我的女人你也敢欺负，活得不耐烦吗。

老板被你的痞相吓住了，我却被你无惧的样子彻底虏获了。

在这样一个陌生的城，有这样一个男人为我出头，为我打架，愿意为我挡风遮雨，我还有什么理由拒绝你。

这辈子就跟定你了。从此山河是你，岁月是你，柴米油盐是你，我的眼里也全都是你。

此后十年，你从未松开过我的手。上街时，我的手在你的裤兜里；过马路时，我的手在你的掌心里；刮风下雨时，我的手挽在的你臂弯里。

你说要让我做村子里面最体面的姑娘。结婚时，你请来市长的座驾当婚车，让我风光尊贵的出嫁。

送我的结婚信物不是金银珠宝，你请赣北最有名的画家画了一幅梅花，用我的名题字"万花皆寂寞，独俏一枝春"。我如获至宝。

你说你虽然不会做家务，虽然很懒，但是也不会让我受苦受累。家务活都请了阿姨做，后来有了女儿，也都有婆婆和阿姨帮忙照顾。跟着你，我真的没有吃过很多生活上的苦，下厨房的次数都屈指可数。

我们虽然没有大富大贵，但也没有为钱操过心。家里的七大姑八大姨，姐姐妹妹，他们谁有困难，你都倾囊相助。

我三叔三婶，生活困顿。每年春节回老家，都瞒着我偷偷的塞给他们钱。每次回来，后备箱里的土鸡蛋装满一大筐，那是三叔他们攒了很久的心意。

我们那个年代应该没有现在这么开放。陪我出去玩，我一说累了走不动了，你就蹲下身，我像猴子一样跃上你的背，丝毫不顾及别人异样的眼光。年轻的我们何其张扬而肆无忌惮。

你带我吃遍了城市大街小巷的美食。每年过年甩给我几千块让我去买新衣，只因我说小时候过年还穿过带补丁的衣服。而我每次都是大包小包的名牌买给你，买给自己的不过是几十几百的普通品牌。

……

道不完相思血泪滴红豆，忆不尽似水年华泣涕流。

我以为我们会一直这样。你会一直牵着我的手，走完这一辈子，甚至走到下辈子。

可是，我们怎么会走着走着就散了呢？不是说好不离不弃的吗？这一场中途散场，算怎么回事？难道那些恩爱都是假的？

时光荏苒，岁月染秋。终于，我们的感情也没能经受住寒霜浸染，犹如树底飘落的那抹残红，凄美决绝，难逃离别。

我问你，还能回到过去吗？

你沉默良久，不言不语。我却在你的沉默里找到了答案。

我说：那就离吧。

你突然大怒：离什么离，怎么离，这栋私房是老娘的名，给不了你，这些年赚的钱都投在印花设备上，还在亏损，要离了你怎么办？

突然泪奔，心痛至麻木，原来，最痛的感觉是没有感觉。

十年同床共枕，我怎不知你的心。你这是新欢与旧爱，都不想舍弃呀。

可是，骄傲如我，如何能忍受这已变了质的感情。我只是一介平凡女子，只想择一城，与一人终老，白首不相离。

既然你许不了我一个永远，我还可以许你一个成全。

两年相恋，十年婚姻。从农村到城市，又从城市到农村，从起点又回到了起点。

十二年，一个宿命的轮回，上辈子的相欠应该都还清了吧。是应该早一点，看透生命的伏线。从始至终，我不过想要一颗幸福的种子，没想到却沦为一粒宿命的棋子。

至少，不算一无所有。左手拉着皮箱，里面有我们娘俩可以遮寒的衣物。右手还牵着如花似玉的小女。

对了，箱子里面还有你留给我的十多万块，你说那是家里所有的钱。

当年如何风光，如今就如何狼狈。

从此只埋头工作，不再提你。

快乐不提，痛苦不提，苦涩不提，劳累不提，爱不提，恨不提………

昨日种种，繁花一梦。有些离去，后会已无期，有些转身，真的就是一生。

我们于人海茫茫中相遇，也终于在人海茫茫中走散。

路的尽头，道一声珍重吧。

你虽然护不了我一世周全，也有过那么美好的曾经。每忆及，我只愿留住那些美好，忘了那些悲伤。

以后的日子，你在或不在，我都会，笑对人生。不会因为你，去怨去恨，保持善良与初心，去感知生命的美好，也会认真去爱值得我爱的人。

曾经爱过，爱了，也就过了，也无风无雨也无晴了。

这些文字，只关岁月，无关情。

猫来了

"我再说一遍，把这只猫送走！"

素来不喜欢养小宠物，看见别人对着小猫小狗心肝宝贝地叫，只是觉得好笑。所以，对这只贸然闯入家里的猫，真心无法接受，我没有半点商量余地命令女儿。

"妈妈，留下它吧，它刚出生没多久，它的妈妈随我同学搬到外地了，我知道没有经过你同意就带回家，是我的错。但是它好可怜，像个孤儿一样。"女儿可怜兮兮地央求。

孩子喜欢小动物，每次去乡下，不仅想带小猫小狗小兔子回来，就连小鸡小鸭也想带回来养。街上看到流浪狗，宁愿饿着肚子，也要省下早餐钱买火腿肠给狗吃。几次要带流浪狗回家，都被我拒绝。

曾经为了照顾她泛滥的同情心。允许她从乡下带一只小兔子回来养。哪知没过多久，就因为饲养不当，小兔子死了。

女儿很伤心，我趁机教育她，喜欢的不一定要拥有。如果小动物因为自己饲养不当而失去生命，我们不是更难过内疚吗。

女儿伤心了好久，终于不再吵着要养小动物了。哪知这次在同学家见到这只小猫后，又勾起了她的小爱心。

先斩后奏，直接抱回来了。

在她的哀求下，我最后妥协。不过，我说我不会为小猫铲屎，它的吃喝拉撒，都由女儿负责。我会负责采买猫食及猫的生活用品。

抱着小猫去采办生活用品。女儿在购物篮里挑了一大堆，猫粮，猫罐头，纯净水，还有猫砂，猫碗，睡袋，猫玩具等一大堆。最后，还给它选了一个出门遛猫的旅行包。

收银员一结账，几百块大洋啊。我白了女儿一眼，她冲我狡猾一笑，我只好乖乖地刷卡买单，总不能出尔反尔了。

这只小猫果然非等闲之辈。灵活好动，上蹿下跳，把家里搞得乱七八糟，时而跳上沙发，时而翻上餐桌。而且是一只好奇心特强的宝宝。哪里都有它的兴趣点，角落里，餐桌下，沙发边，床底下，整天蹦蹦跳跳，自己和自己都能玩得不亦乐乎。

它特别能吃。除了猫食，每次吃饭的时候就在桌底下喵呜喵呜的叫，喜欢吃鱼吃肉。看了书上说猫不能吃杂食，就狠心随他去叫了。女儿于心不忍，总是趁我们不注意偷偷地给它肉吃。

猫吃得多拉得多。女儿边给它铲屎就忍不住唠叨：崽崽啊，你要记住自己是一只母猫啊。你不能吃得太多，要保持身材呀。

依稀仿佛，话怎么那么熟悉耶。不正是我对女儿经常的碎碎念吗？

我直接被雷晕了。

也许知道我对它没有好感吧，这只聪明的猫知道讨好我了。开始时不敢太靠近，去厨房煮饭，它在脚下趴着。去阳台洗衣，它在水池上面蹲着。坐在沙发上看书，它又在身边坐着。偶尔伸出爪子来扒拉一下我的手，试探性地看我的反应，或用含情脉脉的眼神看着我。

我试过，和它对视一分钟，心会被萌化掉。

每次下班回家，它第一个窜过来，跳到我的身边，扯着我的裤脚喵喵叫，像是欢迎我回家。

猫在家里很快就得到专宠，我对它的反感也一点点减少，喜欢一点点增多。它也就越发的得寸进尺了。

只要我进了卧室，这只淘气的猫，稍不注意就会溜进我的房间。睡我的枕头，霸占我的瑜伽垫，赖在床上不肯下来。轰它，就钻到床底下躲起来。稍不注意又偷偷爬上床。

更有甚者，趁我在看书的时候，爬上床头柜，在我杯子里喝起水来。这对于有洁癖的我来说，简直是忍无可忍。我一把抓起它，丢了好远。它可能真被摔疼了，喵呜一声躲得无影无踪。

这个杯子可是我的心爱之物，特意从景德镇淘回来。被猫喝过以后本想丢弃，终还是不舍，用开水泡，用生姜水洗，如此之后再用，竟然也觉得没啥了。真不知什么时候已经堕落到可以接受猫染了的水杯了。

猫来了，也犯不成懒病了。害怕它身上有细菌，带它打针，给它洗澡，每日地板拖了又拖，甚至在网上看起了养猫攻略。

那日给猫洗完了澡。用吹风机吹干了它的毛发，就把它丢在地上没管。忙完后坐沙发上休息。这个小东西轻轻地爬过来。伸出爪子，触碰了一下我的手，又伸出舌头舔了一下。见我没反应，就大胆地跳到我身上，趴在我身上呼呼睡起觉来。

我伸手触摸着她，柔软的小身体有点微微地发抖。都说猫是怕水的动物，可能是洗澡冷到了。看着那萌萌的可怜的小样儿，忍不住把它抱在了怀里。

女儿不满了，说凭什么我天天给它铲屎，它最喜欢的还是你，不行，我要把它送走，你喜欢猫都快超过喜欢我了。我说，不要送走它。她啪的把铲子往我手里一丢，命令道：那就给它铲屎去。

清晨的第一缕阳光照进卧室，睁开惺忪的睡眼。脚底触到一团柔软，小猫咪正偎在我的身边睡得正香。

这一刻，卸下所有的坚强与伪装，心软的能溢出水了。终于知道，为什么那么多人喜欢养小宠物了，原来，这小东西，会触及到你心底真正的柔软。无论这个世界如何冷漠，它都会提醒你，记得保持最初的单纯与善良。

以后老了，就养一只猫吧。让它陪着，在院里晒太阳，打盹儿，逗它玩，和它疯闹，出去走走。单纯明净，简简单单，像孩童一样。

这样的岁月，是不是很美好。如此想着，倒是有点希望老去了。

梦想

记得小时候问女儿长大后想做什么，她指着电视上正在讲话的国家领导人，一本正经地说：我要当电视里的领导。这惊天动地的回答让我们忍不住嘲笑她的不懂事和不知天高地厚。细细想来，又有何不可呢。当领导的梦虽然遥不可及，但想想也无妨嘛。

成长的途中，无数次和她聊过梦想，现在再也不敢说自己想当领导了。好像也没有什么明确目标，有时的回答竟然是还没想好。后来再不聊这话题了，还是顺其自然的好。为了测试她的兴趣特长，跳舞琴棋书画学了个遍，几番风雨辛苦下来，其他的早就放弃了，只有画画，她从没说过不想学。

今天上午，当我把她从学校里带回来的绘画作品端正地挂在墙上，忍不住夸她：宝贝，画得真棒！她认真地对我说：妈妈，我现在知道自己的梦想是什么了，我长大要当个画家，我一定要考上中央美院。

我由衷的欣慰，立刻上前抱紧她：宝贝，为了梦想而努力吧，你一定会成功的！

从懵懂无知的童年走向怀揣梦想的少年。这一路走来，艰辛和汗水相伴。因为跳舞，扭伤了脚踝；因为弹古筝，弄碎了指甲；因为素描练习画线，哭过鼻子……

在不断的摸索与尝试中，梦想终于渐渐地浮出水面，也有了坚持和努力的方向。梦想是人生的指航针，是人生存在的意义。成为一个画家，多么美好。虽然这条路会充满了荆棘与坎坷，也会走得异常艰苦，但为了梦想而努力，本身就是一件痛并快乐的事情。

现在的自己人至中年，苍凉回首来时路，小时候的梦想，有很多很多。清晰存在于记忆中的，就是要跳出农门，要开公司当老板，过上有钱人的生活。当然这根本谈不上理想，都是为了生存而生存的琐碎，现实又俗气。反观自己这么多年走过的路，其实又有何不好，不也正是这些俗气的梦想，才一直在没有放弃努力吗。

像我这样一没有钱老爹，二没有狗屎好运，三没有如花美貌的平凡女子，如果人生没有目标，生活没有梦想，按部就班的活，和一只咸鱼又有什么两样。

农村有一句俗语说，吃不穷，穿不穷，算计不到一世穷。而我，偏偏不喜欢算计着过日子。从小到大，我性格执拗，喜欢随心所欲，不喜欢过约束的生活。在升职加薪，打工生涯过得风生水起时，选择回校重新学习；在同学高兴地被分配到工作单位时，又选择自主择业……每一步，都是按自己的想法，稀里糊涂地往前走着。

正是有了一个幻想中的美好，一个清晰的方向，最终所有的努力都没有白费。虽然没有取得多大的成功，但也在追梦的路上，一直坚持着。

人生有了梦想，就会多了些底气，可以在平凡的日子里体味别样的自己，不用随波逐流，不用人云亦云，保护好自己的内心格局。时光会走，终有一天我们也会老去。但愿老了，不会被琐碎无聊干扰了本性，内心依然澄清明远，不用热烈高歌，不用豪言壮语，静水流深，从容不迫。

每朵花都有盛开的理由，每个秋天的落叶，都是为了等待又一个春天。让我们，怀着朴素干净的情怀，揣着美好的梦想，不露声色地过成自己想要的模样。

给孩子做早餐的早晨，很美好

    为心爱的人做一份早餐 / 让他从美梦中醒过来 / 要他一口一口把我的爱通通吃完 / 我要他一点一点感受家的温暖

  我天生的好吃懒做。偏爱睡懒觉，嗜好赖床，基本上很少在家里弄早点吃。女儿小时候都是阿姨和婆婆做早餐。到了孩子上学我上班的日子，也是算着点起床，然后打仗一样洗脸刷牙，匆忙出门。每次送女儿到学校，就没有多少时间吃早餐了。匆匆拿几块钱给她，让她在学校旁的早点店自己搞定。其实也不知道她早上吃了些什么，也许时间来得及就吃了，晚了就饿肚子。

  匆忙之间，女儿已经十二岁了，看着日渐成熟懂事的孩子，我都有一丝恍惚，怎么不知不觉，她就长这么大了。关于成长的记忆，很多很多，但给她做过多少次早点，几乎在我的印象中，找不出什么印迹。

  我知道自己是一个不称职的妈妈。因为自己的懒惰，我们的早点都很对付，很敷衍。可是寒冬腊月，大清早离开温暖的被窝，身上的懒虫也不愿意呀，想想，还是继续赖会儿床吧。

今早上才六点刚过就醒了。想起女儿念叨几次要吃紫薯粥。就披衣起床，来到厨房淘米切薯，上高压锅压，然后跑到床上和暖暖的被窝继续拥抱。半小时后起来关火，叫女儿起床。洗刷的间隙。煎了个手抓饼，烤了几根香肠。十来分钟后，一顿美味的早餐上桌了，只要不犯懒病，原来我也是蛮能干的嘛。

闻着早餐的香气，女儿破天荒的没有磨磨蹭蹭，一叫就起来了。而且迅速的洗脸刷牙梳洗之后，有滋有味地吃起来。我忽然意识到，每天早上必念"快点，快点……"的经，今早好像也没念了。

我集贤良淑德于一体的诸多优点，女儿没学到半分，只有爱睡懒觉这一个毛病，却被她得到真传，甚至过犹不及。平时，她可以在早晨闹钟的刺耳声里，毫无反应蒙着被子酣睡，也许是装睡。叫她起床的时候，第一遍轻缓地预热，第二遍大声的开始，第三遍咆哮的结束，才能见她慢慢悠悠的从被窝里伸出头来。睁着惺忪的睡眼，悠然问到："几点了。"那神情犹如一条冬眠的蛇。而我早已熬成一只无可奈何的狗。

"还不快点，马上就要迟到了。"我这经典的口头禅，要在碎碎念上几遍甚至十几遍之后，才会有些许的反应。整个过程的鸡飞狗跳，简直惨不忍睹，不提也罢。

上学的路上，她愉快的拿出英语书来读。什么情况，这是太阳从西边出来了吗。这种时候，一般不都是我们娘俩互怼的开始吗，我虎着脸埋怨她的磨蹭，念叨她没有时间观念。她黑着脸反驳，我说一句，她有十句在等。每每都有家有熊娃的心力交瘁之感。

到了学校，我停好车，一丝烟火气息飘来，我随口说道："做个早餐，袖口上都有油烟味了。"女儿停下正在收拾的书包，眨着小眼睛看着我说："可是早餐里，还有妈妈爱的味道呢。"然后飘然下车。走了几步，又回过头，冲我摆摆手，"妈咪，再见，爱你。"

我简直是受宠若惊。随意做的一顿早餐，女儿却品尝出了爱的味道。这个小屁精。是在哄我天天给她做早餐吧。

双十一，好友在网上淘了一大堆的厨房用品。有烤箱，酸奶机，果汁机等，说是想给儿子的早餐多弄点花样。我直笑她这个名企的"白骨精"也沦落成"孩奴"了。想吃蛋糕面包，直接去蛋糕店买不就行了，又好吃又方便又省时间，还用费那劲自己烤。

她说我不懂其中的乐趣，当辛苦弄出各种花样的早点，能得到孩子的肯定与赞扬，那比涨薪水还高兴。看到儿子吃得开心，她也做得开心。做父母的都在羡慕别人家那个娃乖巧懂事，也许孩子也在羡慕别人家那个妈贤惠能干呢。

朋友圈里也有一位牛妈。三百六十五天，天天给女儿做早点，几乎每天不重样，看着她晒的早餐图，色香味俱全，看着就想吃，是花了好大的心思的。直感叹她家女儿太会投胎了，上辈子拯救过地球才能遇上这样的妈吧，简直太幸福了。小姑娘长大了，脑子里肯定都是满满的回忆了。

都说陪伴是给孩子最好的爱。成长总是充满了这样那样的问题，我们总是尽自己最大的能力让孩子的成长充满快乐。那快乐里，有童话，有书香，有陪伴，应该还有伴着奶香醒来的早晨，那一份爱的早餐吧。

愿为爱坚守　不负此生

　　五一假期，女儿被同学约去参加生日宴，老公为五百块加班费主动去值班，就剩俺孤家寡人。依我这寡淡的性格，也不想去满大街凑热闹，索性，买了票，独自去看《后来的我们》。

　　据说，此等充满情怀的电影，适合一个人缅怀。朋友调侃，记得买两张票，一张给空着座位的前任。

　　观到一半，身旁的小美女情不自禁抽噎起来，她身旁的小男友在包里摸索半天，也没找到纸巾。眼见小美女要窘态微露，我适时递过纸巾，她感激看我一眼，小声问：姐姐怎么没哭？

　　我……我……我是真的不知有啥好哭的。

　　刘若英说："我想拍一个给所有人看的电影，片中的主角就是他们自己，希望大家可以在他们的身上找到自己的影子。"

　　找到了吗，确实找到了。

　　那年少时的无畏爱恋，那漂泊异乡的孤苦，那惺惺相惜的陪伴，还有那莫名其妙的错过……

多多少少，都在我们身上发生过。

后来，当见清和小晓久别重逢，他问：你还爱我吗？

小晓说：一直都爱。

我就不明白了，小晓可以为了住大房与网友同居，可以为了北京户口与渣男苟且，当这一切见清都可以给她的时候，她却转身离去。

一直都爱，为何不能一直相守。

也许，相爱越深，越会在乎，越会矫情吧。当真是矫情啊，电影里女主给我的感觉就是：容貌绝佳，演技出众，矫情有余。

光阴好似一支利箭，射出去了，便再也寻不回来。人生也是如此，一个转身，一个擦肩而过，也许便会错过。既如此，为什么不在相爱的时候选择勇敢呢。

小晓说："如果你当时上了地铁，我会选择跟你一辈子。"

可是见清眼睁睁看着小晓离去，他也没有勇气跨出那一步。他在生活事业的一地鸡毛里，在现实的无奈里，苦苦地挣扎。

没了勇气，注定会输了爱情。

见清说："如果当时的你没走，后来的我们，会不会不一样？"

小晓在见清最落魄的时候，选择抽身离去，那么决绝，一句再见都不说。也许，她是害怕生活的苦汁掩盖了爱情的蜜意，所以选择了逃避吧。年轻时的我们，可以什么都没有，但不能没有爱情。

如果……如果……

如果见清和小晓能够对爱情再坚定一点，他们不会有那么多遗憾。

如果陆小曼婚后能收敛自己的任性，徐志摩也许不会踏上那架致命的飞机。

如果孟小冬当年没有离开梅兰芳，她也不会在三十五岁以后便没了笑容。

人生，没有如果。

后来，没有后来。

无声而漫长的时光，可以冉冉而过很多野草闲花。后来，终于在眼泪中明白，有些人，一旦错过便不会再来，会消失在人海，徒留感慨。

在感情的世界里，最美好的莫过于爱的坚守。一如杨绛与钱钟书，伉俪情深，一世相守，柴米油盐也过成了诗。

在爱情里，陪伴与懂得更重要。一个人就算再好，但不能陪你走下去，那他就是过客。一个人就算有再多缺点，能处处忍你让你，陪你到最后，那便是美好。

所以，重要的不是爱有多深，而是能不能坚持爱到底。找人恋爱很容易，难的是一辈子的相守。世间不缺真爱，缺的是一颗坚守真爱的心。

很小的时候，阿姨村里跑来了一个疯女人，她眉清目秀，身材高挑。村里算命先生收留了她，不发疯的时候，她会痴痴地看着村里的青年男子，拉着他们叫"强哥哥。"

她和她的强哥哥从小青梅竹马，相爱至深，这份深情却被长辈强行斩断。母亲逼着她嫁给村长的儿子，因为村长家给的聘礼可以给贫穷的哥哥娶媳妇。

强哥哥伤心之下被迫远走他乡，她在成亲时突然发疯跑掉，从此到处流浪。她为爱痴狂，忘记了所有，却独独记住了她的强哥哥。

几年以后，一个相貌英俊的男子找到了这里。他把这些年打工赚的所有钱都给了算命瞎子，牵走了他的疯妹妹。

那时年纪尚小，不明白什么情呀爱的，阿姨说这个故事时，我却思绪难平，感动到落泪。

日边清梦断，镜里朱颜改。人到中年，越发喜欢安静。太过浓烈的东西，已如镜中之花，可望不可及。有人问你粥可温，有人陪你立黄昏，拥有，便是福气。

一饭，两人，三餐，四椅，这些，足已。

曾经的沧海桑田，在心里已激不起波澜。旧时的人，能不见，便不见吧。如果遇见了，就笑着祝福吧。

和朋友聊天，他说："雨滴落在脸上，化在心里，缺爱就像缺钙一样……"

确实，缺爱就像缺钙，但缺钙又不是什么绝症，缺的人何其多。丢了又拣起，拣起又丢弃，即使这个世界狂野又荒凉，我们也不要，用残存的爱来取暖。

愿每一对深爱的人，用轻灵的心，纯洁的情，勇敢的坚守，绝对的信任，无限的包容，细致的照顾，让真爱长久。

爱可以是一生一世，也可以是来生来世。

美食为饵，画爱为牢

　　如同传授母语，母亲把味觉深植在孩子记忆中，这是不自觉的本能，这些种子一旦生根、发芽，即使走得再远，熟悉的味道也会提醒孩子，家的方向。

　　小小的厨房像一个魔法城堡，婆婆在里面挥舞着锅铲瓢盆，几个小时后，变戏法似的，整出了一大桌美食。

　　最后一个菜端上桌，我数了数，整整二十道。这个元宵大餐，配上公公珍藏已久的五粮液白酒，妥妥的高档大气上档次。

　　这些美酒佳肴里，有最受欢迎的土鸡炖鱼丸。土鸡来自农村，会上树，会跑步，想吃它也不容易，必须等到它进笼睡着后偷偷袭击，不然比人还跑得快。

　　鱼丸更有讲究，乃赣南一道名菜。要挑肥大肉厚的草鱼，把肉片下来，挑去细刺，打成肉浆，越细越好，和面粉一起炸。做法精细耗时，也是一件体力活，打鱼浆时要越用力肉才会越松软细腻。

婆婆时有感叹：以后你们都吃不到鱼丸了，我老了，做不动了。你们啊，只知道吃，都懒得动手。大有好手艺失传江湖的无奈感慨。

她做的梅干菜扣肉，味道真是不知甩了酒店几条街。也是女儿的最爱，别人做的和酒店做的，女儿从不伸一下筷子，每次去奶奶家吃饭，必问一句：有扣肉没。

这么一大桌的菜，每种食材都是精心挑选，力求正宗新鲜，就连蔬菜，都是婆婆用有机肥自己种植的。

为这一餐饭，他们费了多少心思啊。

大餐当前，话已多余。大家伙儿落座后正准备大快朵颐，大公主大喊一声：且慢。

只见她拿出手机，对准满桌美食左拍右拍，似乎还嫌不过瘾，小鸟一样跳上椅子，找准角度拍了个全景。受她感染，大家纷纷拿出手机，也尽兴拍起来。

不一会儿，朋友圈里，家庭群里，纷纷晒出了许多张美食照片。要知道，我们晒的，不仅是美食，更是一种心情，一种美好生活的情怀。

在一片评论点赞与祝福中，大餐开吃了。

公公退休前是单位的部门领导，习惯作总结性发言，年年一个样的家训，永远也听不烦：吃完这餐团圆饭，年也过完了，节也过完了。你们上班的，好好工作；做生意的，多多赚钱；读书的，努力学习。还要感谢你妈妈，希望她身体健康，才会给你们做更多好吃的。

我们何尝不知道老人家的心思。不仅仅是过年，就是平常的日子，每逢节假日或周末，婆婆都会做上一大桌美食，公公逐一电话通知到位，我们带上孩子，带着嘴巴就来了，吃完还要给我们准备一大包带走。

一百多平的房子，就他们老两口住着，家里两个大冰箱，塞得满满当当。这些食材，又有多少进了他们的肚子里，其实，都是给我们预备的呀。

有时候，很怕上婆婆家吃饭，会有一种不自在感，觉得自己在啃老，也不想她太操劳。但你如果不去吃，他们甚至会做好了送过来。

年前婆婆腰病发作，担心她操劳年夜饭劳累，过年的团圆宴就在酒店订了一桌。

富丽堂皇的包房，名厨主理的一道道美食端上桌，大家竟然吃得索然寡味。都感叹，还是在家里吃团圆宴有氛围，还是妈妈做的菜最好吃。

那还用说嘛。妈妈做的菜，是用爱心煮出来的，带着任何人都模仿不出的亲情印记，用最精心的选料，最不怕麻烦的步骤，最持久的耐心，汇合成了一道道别具风味的佳肴。

每次回家，空调都开着，冷暖适宜；厨房里，饭菜飘香，妈妈在忙上忙下；茶几上，堆着永远也吃不完的零食水果……

这是家的味道，更是爱的味道。

岁月流逝，人生苦短。漫漫人生旅途，唯有"美食与爱"不可辜负。婆婆用美食当饵，画爱为牢，把我们紧紧俘获在她的掌心。无论离家多远，想起那碗妈妈菜，心便会坦然安定，生命不会再寂寞，岁月亦不会再寒冷。

而我们，甘心做她的俘虏，一辈子，也不想走出。

萧瑟之美

今天天气恶劣，雨雪交加，滴水成冰。早晨用了一瓶开水，才化开了车窗前的结冰。

昨天就约好了要见两个客户，悲催的是，他们一个在南，一个在北，隔了一百多公里的距离。

其实，我也可找天气为借口，推掉或推迟约见。但这实在不是我做事的风格，哪怕天气再恶劣，也不会找理由推脱。

决定上午先见北边的客户。

把车开上高速，才隐隐地担心起来。路面多处结冰，只有一条单行道，小车与大货车夹杂在一走，缓慢蠕动。

都把难走的路形容为如履薄冰，而今天，却是真实地踏着薄冰前行。

心里默念着"阿弥陀佛"，祈求菩萨赐予平安。当然也知道菩萨她老人家普渡众生，管的是天下苍生，哪里有时间顾得上我，不过念念图个心安罢了。

好不容易下了高速，拐上了国道。路上一直有三三两两的车辆通行，所以只略有积雪，马路两边的田野却盖了厚厚的一层白棉被。两旁光秃秃的树枝，那么萧瑟落寞，枝头上挂着晶莹的冰条，或相互交织缠绕，或丝丝缕缕飘扬，又增添了别样的风致。

车窗前雪花不断飞舞，飞花入梦来，颇有"漫踪江野，蝶舞飞扬一片白"的意境。特别喜欢这寂廖空旷之感。

实在忍受不了窗外美景的诱惑，把车停靠路边，顾不上寒冷，拿起手机随意拍了几张照，发在朋友圈，配上文字：萧瑟之美，美则美矣，却美得那么惊艳。

还特意跑到江边，想看看那里有没有"独钓寒江雪"的老翁。

然而，并没有，是我想多了。古诗里都是骗人的，现在的老头都躲在家里吹空调烤火呢，才不会傻不拉几的去江边垂钓。

见好了南北的客户，到家已七点多了。一路上劳碌奔波，担惊受怕的。心情丝毫不受影响。

收获也是满满当当，首先得到客户肯定，这种天气赴约，那得是真爱啊。谈笑间合同就敲定，这是做生意以来，签约的最爽利的一次。

同时，还体会了别样的美景，拍了不少美照。

正如诗里所言，若非一番寒彻骨，哪得梅花扑鼻香。如果坐在家里，不付出行动，永远不知道前面有怎样的风景。

如果人生可以重新来过，我想，我依然会选择一个爱折腾的人生，伴着风雨上路，踏着艰辛前行。

做一个会说话的人

前两天去手机店办事，碰上一位四十岁上下的中年女子买手机。这位顾客，穿着时尚，谈吐不凡。店员小黄凭销售经验一看就知道这是一位意向客户。赶忙拿出店里的最新款给她介绍起来。从机子的颜色，性能，到演示功能，小黄专业详尽地娓娓道来。她无疑是一位很有经验的销售员，顾客边听边点头。

看得出顾客比较满意小黄的服务。对手机的款式也中意。最后，谈话的结果落实到价格上面。

"这个手机，我挺满意的，价格能不能优惠？"顾客问她。

"美女，这个手机是全国统一零售价的，您在我这买贵了，发现专卖店有低于这个价的，我们可以差价的双倍赔偿给你。"小黄不愧是优秀销售员，巧舌如簧，又善于抓住顾客的心理。

但那位美丽时尚的顾客也不是个省油的灯。这个年龄正是精明出了油的。

"你要是不能少，我到其它家看看。"女顾客佯装要走。

"这样吧，美女我争取给你多点的礼品。你过来挑选一下。"小黄又成功的把女顾客吸引过来了。

女顾客看了一下这些礼品说："这些也值不了什么钱，我只要优惠一点点，哪怕意思意思也行。你要不能少我也不勉强，我到其他店转转再过来。"

女顾客走到门口，小黄赶紧追上去："我们这里还有移动公司的活动，可以买手机送话费，我给你查一下能送多少话费。"

女顾客对这个活动，还是蛮感兴趣的，又折回来，报了手机号码给小黄查。最后查出来还可以赠送几百元的话费。女顾客好像没有以前那么坚持价格了。也没说要走，就是还在和小黄磨，希望价格能再优惠一点点。

同事小殷看小黄谈了这么久还没有成交。有心过来帮忙。

她张口对顾客说："我同事跟你谈了这么久，你还不买？人与人之间还能不能有点诚信？"

女顾客一听就不乐意了。我不买你手机就是不诚信了，真是莫名其妙。伸手打开店门，头也不回地走了。

留下小黄和小殷面面相觑。

从他们的谈话中得知，这位顾客不是看看而已，是确实需要买这款手机的。如果不是小殷横插一句，帮了个倒忙。搞得顾客心里不舒服，小黄很可能就成交了。

关于销售策略和方法，市场上大把这样的书籍指点迷津。但是会说话的销售员，业绩一定不会错。销售是个技术活，说话是个艺术活。顾客虐我千百遍，我待顾客如初恋。使尽浑身解数，说尽甜言蜜语。哄得顾客开心地把口袋里的钱掏出来，那才是王道。

俗话说得好，一句话说得让人跳，一句话说得让人笑。会好好说话的人，情商智高都很高。不管是工作也好，生活也罢，自然都会风生水起。

同学海子这么多年以来，凭着三寸不烂之舌，行走江湖卖被子，愣是置了几栋房，买了两辆豪车，雄赳赳气昂昂迈入了富人的行列。现在的他一年光租金收入就二三十万。

他卖被子，主攻高端写字楼，厂矿，企业等大型办公场所。我曾经好奇，一床小小的羽绒被，凭什么能在那些高端场所创下不菲的销售业绩。他说曾有一个大型企业，一下子定了他五千床被子，给职工发福利。这个单子，可是其他的伙伴攻了好久都没有成交的。海子凭着他过人的口才和踏实憨厚的形象，愣是拿下了这个订单。

他说走散货会去小区的广场，那里跳广场舞聊天的大妈大姐居多，如果能取得他们的信任，互推销售成绩也是不错的。海子也是个朗爽大气的人，同行的伙计向他取经，他都把自己的经验和盘托出，毫无保留。可是说来也奇怪，同一个单位伙计去了数次都被人挡外面，他去了还能轻轻松松卖掉几床被子。其实，经验方法易学，那无与伦比的嘴上功夫，哪能轻易学到。

现在的海子。旺季出去卖被子，淡季在家里陪老婆孩子。没有管理团队之累，没有资金周转之苦，有钱有闲，日子过得别提多滋润了。他说有个企业高薪聘请他去出任销售科长，他还不干呢。

成功从来都不是偶然的。人生在世，每个人都会有梦想，都会渴望成功，而要想取得成功，不能忽视说话这一关键环节。古人云：良言一句三冬暖，恶语伤人六月寒。说话是一门艺术，也是一种智慧。粗俗的人说话往往缺乏美的意蕴，只会打碎世界原本的美好；而睿智的人说话则讲究一种愉悦的境界、一种和谐的气氛。好好说话，绝对是通往成功之门的一块敲门砖。

吵架

　　周日的早上，睡了个自然醒。起床后，把家里里外外收拾一下。平时也懒得弄，正好周末有时间，就做点家务当休闲了。正赶上老公下晚班回来，他也不洗澡，躺在沙发上就睡着了。这轮班也确实让人累得够呛，就算是国企的钱也没那么好赚。

　　弄好了中午饭叫他们起来吃。老公走进厨房准备盛饭。但压力锅的盖子怎么都打不开了。

　　"盖子怎么回事啊？快看一下。"他冲我嚷道。

　　我正在刷锅，就没理他，他转身走出厨房。过了一会儿又进来，拨弄了半天，盖子还是打不开。

　　"叫你看一下盖子怎么打不开了。"他声调又提高了几度。

　　"我哪里知道，又不是我把盖子锁了，你不知道自己想办法吗，打不开就冲我嚷。"

　　当然我也不是省油的灯，也冲他大声说道。

　　"你有病啊，冲老子叫什么，煮餐饭很稀奇啊。我哪不是天天煮饭……"这男的也不知今天咋了，平时我发脾气他都嬉皮笑脸的应和。

"你才有病呢，碰到这么点事就不知道怎么弄，还是不是个男人，还好意思说……"当然，我急起来也是口不择言。

就这样你一言我一语争吵起来了，竟然就是为了个饭盖子，我公婆俩也是没谁了。

他甩手走出厨房，铁青着脸坐在沙发上抽烟。

我左拨右弄，不知怎么就把盖子打开了。也不理他，盛了饭就和女儿吃起来。

下午女儿上完课后我就接了她，直奔商场，逛去了。

才不想呆在家看那张苦瓜脸，每次吵架后，我都会有自己的消遣方式。吃喝玩乐购，怎么潇洒怎么来。

和女儿开开心心的在商场吃了个自助餐。回到家已八点多了。看到中午的菜热了一下，放在桌上，饭也热着。他应该已经吃过饭了，正泡着茶，准备出门打麻将去。

我也没理他，径自洗澡，上床，看书，睡觉。

他打完牌回来，又在客厅打开电视看球赛，在沙发上躺了一夜。

第二天早上起床准备上班，他说："你等我一下，坐你的车出去买点菜。"

他上一个晚班要休息两天，所以，买菜做饭确实大部分都是他在做。

我本不想理他，下楼的时候，他已经嬉皮笑脸在车里等着了。

车上老公问我："想吃什么菜啊，我买个鸭子回来烧给你吃好吗？"

"我管你买什么菜，别问我。"姑奶奶余怒还未消呢。

"你什么意思嘛，还蹬鼻子上脸了。"他瞪着我说。

"我就这意思，不想吃你买的菜，做的饭。"我大声说道，重复的话也不知道说过多少次了。

到了菜场，不由分说就把他赶下车。我看到，不费吹灰之力又把他脸气绿了。

　　自己也不知道为什么，在外人面前，温文尔雅的我，语调柔和，笑靥如花，但在他面前，却任性肆意妄为，如一只暴怒的狮子，随时随地都会有点燃的危险。每次吵架不争个赢的不放手。我自己也知道，这暴脾气，也只有他能容忍得了。

　　其实老公也不是个什么好鸟。在家被父母宠的没了边。没娶我之前，也是十指不沾阳春水的公子哥，曾亲眼见到婆婆熬好汤，端着碗跟在他后面，求着他喝一点，再喝一点。那情景真是让人汗颜。

　　他总是笑称这辈子就栽我手上了。问世间情为何物，不过是一物降一物。难道真是这样。

　　晚上下班回家，女儿坐在客厅里啃玉米。老公在厨房里忙上忙下。饭菜的香味钻进鼻子提示着肚子：饿了，该吃饭了。

　　是谁在早上刚说过再也不吃他做的饭菜。

　　反正我不记得啦……

　　饭后，老公摸着我的头，命令道："去，把碗洗一下。"

　　我就屁颠屁颠地走进厨房。

为爱犯贱

在火车上遇到一对小情侣。大概二十来岁。上车时女孩子两手空空拿着本书。男孩子手提肩背，气喘吁吁，满脸是汗。坐下后男孩子开始打开皮箱，一一拿出女孩喜欢的零食、书本，化妆包包等物件。女孩买的是中铺，一副娇滴滴的样子说这么高我怎么上去呀。男孩赶紧放下手中收拾的东西，把女孩抱上扶梯推上床，再把收拾好的零食物件一一递给她。

自始至终，男孩子耐心十足，体贴入微，对女孩没有表现出一丝的不耐烦。火车开动了，女孩子随口说了句好无聊啊。男孩马上说我上来陪你说话。于是迅速地爬上中铺，勾着头半卧着聊起来了。担心女孩的脚受凉，他一直把女孩的脚搂在怀里。中铺的位置那么小，那样的姿势一定非常难受，但他丝毫不在意。

由于假期票紧张，两人买的票相隔几个车厢，男孩怕女孩旅途寂寞无聊，宁愿陪着女孩也不愿回自己的铺上休息。夜深了，女孩渐渐睡去，男孩默默下来坐在过道上玩手机，一直无言地守护在女友的身边。

我半夜下火车时，忍不住夸赞男孩：你真是一个一百分中国好男友啊。

男孩爽爽地笑了声：我就是犯贱呗。

好一个"贱"字了得。

雪小禅说，所谓爱情，无非是中了你的毒，心甘情愿被你涂毒。但凡中不了毒的，只不过是浮云欢爱，中了毒的人，如饮鸦片，原则与自尊都会丧失，拼的就是个"贱"字。

后来和好友聊天，说到火车上的男孩女孩，让我看到了爱情本来的样子。朋友说：他们肯定还是学生，没有生活的压力，没有世俗的眼光，没有金钱的诱惑，只有爱情，只要爱情。才会毫无保留的付出，才会无怨无悔的相伴，才会做到至纯至真的犯"贱"。

其实对于爱情，越单纯越好。经历的太多了，会麻木；分离多了，会习惯；换恋人多了，会比较；到最后，你不会再相信爱情；人一生如果没有一场轰轰烈烈爱情，该有多么的苍白。泰戈尔的诗中写道：眼睛为她下着雨，心却为她打着伞。这应该就是爱情吧。一个人一生至少要有一次这样犯"贱"，为了那个她/他而忘了自己。

同学辉开汽车修理厂，生意做得很大，人也爽快大气，心直口快，颇具男子汉性格。但他那么大大咧咧的人，对老婆却极尽温柔。说话都是轻声细语，到家后忙着做家务，脏活累活都是自己来。他说情愿自己累点，也不舍得老婆辛苦。在外面吃饭，有好吃的都会打包给老婆带去。

他不仅对老婆如此，对岳父岳母也很孝顺，经常打洗脚水给两老人家泡脚。他们家年年被评为五好家庭，女儿更是争气，在学校都是班级的前三名。大家经常取笑他"妻管严"，他说情愿在老婆面前低三下四的犯贱。

犯贱这个词总是不好听的，可如果以爱的名义犯的贱，却那么让人感动，让人刻骨铭心，也会贱出幸福感。

相爱本来就是这么简单，牵着一双想牵的手，一起走过繁华喧嚣，一起守候寂寞孤独；陪着一个想陪的人，高兴时一起笑，伤悲时一起哭；拥有一颗想拥有的心，重复无聊的日子不乏味，做着相同的事情不枯燥……

如果碰到了那个心甘情愿地为你犯贱的人，就暗自庆幸并好好珍惜吧。

第三辑　生命的卑微

张师傅

张师傅是泥工电工还是油漆工,我到现在都没弄清楚。

迄今为止,我找他贴过地砖,刷过墙面,做过水电,基本上每项活他都干得挺好。

所以,开玩笑地称他为"全能张"。

张师傅是市郊区小镇的一个农民。农活不忙的时候,他们那里的农民就会到城市里打打零工补贴家用。

这些农民工虽然文化不高,基本上都是学过手艺的。在城市繁华地段人流量多的一角,他们屁股底下垫张报纸,往那一坐,就开启了赚钱揽活,耐心地等着生意上门。

每人面前支着一块小牌,分门别类写着:油漆工、水电工、泥工、电工等等。

没生意时,他们就坐在一堆谈天说地,或三五成群凑一起斗地主。等看到有雇主到来时,就迅速地一窝蜂地涌过来,七嘴八舌极力推荐自己。

被挑中的，像被皇上选中的妃子一样兴高采烈跟着雇主走了。没被选上的，就神情沮丧。但没过了一会儿，他们就忘了烦恼，又开心凑到一堆继续玩牌。

他们之中，有不少是滥竽充数的，还有碰到一个宰一个的，反正是零工，没干好大不了换个地方接活。所以，正儿八经的装修活是不敢找他们干的。

"全能张"就是我在市场上找来的。在一排中老年师傅中，觉得他面相憨厚，性格温和，不太像刁钻耍赖之徒。

我只是简易装修办公室，他看了场子后笑眯眯地说，你这贴墙砖水电还有刷墙全套活，我都可以包下来。我说你会做这么多项活吗？他自信地说，你放心，不满意不要你工钱。

我一向就是个不太爱操心的人，既然有人这么打包票的帮我办这些杂事。我乐得享清闲，谈好了全包价格后就把钥匙给了他。

他找了两个伙伴一起做这个差事。我间或去看的时候，他们活确实做得不错，细节处理也很到位。验收时，他们把墙角疙瘩的卫生都给我仔仔细细搞好了。

很庆幸能碰到一个办事这么牢靠的，还真让人省心。

和张师傅相熟后，觉得他人不错，就经常介绍些邻居熟人的活给他干。他几次发微信说请我吃饭，以示感谢，我都婉言谢绝了。曾被他拉入了一个微信群。里面男男女女大部分都是他的朋友。群里天天热火朝天地聊得不亦乐乎，一天不看消息都几千条。无非就是约着这里吃饭k歌，那里喝茶跳舞之类的。

现在的农民，日子好过得很，他们家中有田有地，自己又有手艺。生活也没那么清苦，日子也越发的潇洒了。

我是个喜欢安静的人，即使设了消息免打扰，还是觉得闹得慌，没过两天就悄无声息地退了群。

有一次，帮他介绍了一个工厂的活。由于雇主不是太着急，就建议他别找人搭伙，一个人慢慢做，也赚得多点。

哪知张师傅不乐意了，说那怎么行，兄弟们在一起混口饭吃，要有福同享，有难同当，有活一起干，决不吃独食。

真没看出来，这人还挺讲江湖义气的。

那天傍晚，从工厂谈完事出来。开车经过厂门口，看到张师傅和他同伴收工后，正在门卫室屋檐下躲雨。

我把车开到他们面前说："下雨天摩托车不好骑，要不要载你们一程啊？"

老张连忙说："那太好了，正求之不得。"

老张可真是个太能咋呼的人，一路上叽叽喳喳说个不停。

我逗他："你这么能言会道，天天在群里约着吃吃喝喝，赚的这点辛苦钱，不会全被自己潇洒掉了吧。"

"哪能啊，家里两个孩子，一个高中，一个初中，正是花钱的时候。我肯定先照顾好了家，再想着自己开心的。"

他急忙解释，又不好意思补充道："群里的聚餐都是 AA 制，花不了多少钱的。"

他们下车时，雨已停歇。由于接女儿托管时间未到，我坐在车里边玩手机边等。

偶尔抬头，透过车窗镜子，看到老张和他的同伴摸摸索索拐进了旁边那条胡同。胡同里有几家洗脚按摩店，每家店门口都坐着一两个穿着暴露浓妆艳抹的女人，招着手叫着每个经过的男子。

老张与他的伙伴到底还是没经受住诱惑，好似在那讨价还价似的，过了一会儿，卷闸门被拉了下来。

我发动引擎赶紧离开。心里，还是飘过了一丝小小的失望。

洗头小哥

去公司附近的发型屋洗头，刚洗第一次，便毫不犹豫地办了个年卡。

那家店面积不算小，装修风格简约却不失大气。由于地处新开发片区，生意并不是很忙碌，每次去洗头，都不用等很久。

我每次都会叫八号服务，既使他在忙，也愿意花时间等。对于我这种资深懒货来说，在外洗头已是家常便饭，自然碰到过许许多多的洗发师。只有这位小哥的洗头手法，让人难以忘记。

按、压、揉、搓，他的手法不轻不重，拿捏得恰到好处，肩膀的酸胀处也会自动加强。他洗头，简直是一种无上的享受。

八号话语不多，偶尔闲聊，自如至终没有推销过店里的任何产品项目。我办过很多张洗头卡，唯有这一次，是心甘情愿地追着洗头师傅要办的。

午休时间，来这里洗个头，躺在按摩床上来个全身按摩，间或闭目养神，或翻看闲书，一上午的疲劳全消，简直舒服得不要不要的。

那次去洗头，又习惯性要八号服务，老板说八号请假回老家了。坐在沙发上一个穿红衣帅哥站起来说："姐，今天我帮你洗好吗？"

我点头默许。

不知是习惯了一个人的手法，还是我本就是个挑剔之人。反正对这位红衣帅哥的服务太不敢恭维了。按摩椅的位置都调整半天，捋的颈部难受，他手法时轻时重，头发拉拉扯扯，弄得头皮发疼。

我问："你是新来的吗？"

他没有作声，旁边的同伴抢着说："并不是，来了一两个月了。"

我心里想，洗头这种简单的活，一两个月也不算新手了。但这种手法实在是……我的头皮比较薄，他笨重的手在头部搓来揉去，实在是难以忍受。洗了一会儿，我就让他赶紧给我冲洗了。

我坐起身，准备下楼去吹发型，洗发小帅哥小声问："姐，我是不是洗得很差劲？"

我看他比较郁闷的样子，安慰道："还行吧，可能是我不太适应你的手法。"

他接着小声说："我哪里洗得不好，请你一定给我指出来好吗？"

看他一脸的虚心，就笑着说："那我就直言了，你在手法、力道上面都要加强一下。穴位也要找准，肩颈是顾客最喜欢按压的地方，不能忽略……"

有段时间特别忙，经常出差，已隔了很长一段时间没去那家发屋洗头了。

那次和闺蜜在街上闲逛，她说最近有点失眠，感觉很疲劳。我说："反正下午没啥事，我请你去洗头吧，我的御用洗头师给你享用，保证让你疲劳全消掉。"

站在发屋门口，她还是半信半疑，一脸的不置可否。

"你没骗我吧，我在会所全身 spa 都没有效果，这里洗头真有那么好？"

我不由分说拉她进店，八号帅哥赶紧迎了上来。

我笑着说："快用你的手艺征服这位刁蛮的美女，能不能让她办VIP金卡，就看你的了。"

八号领着闺蜜说笑着上楼去了贵宾室。坐在沙发上的另一位帅哥走过来说："今天我来为你服务。"

我心里暗暗祈祷，可千万别碰到上回那个愣头青啊。

没想到这位小哥也洗得非常棒。他的手法娴熟，力道恰好。我躺在按摩床上，打开手机上的小说，津津有味地看起来。

不知不觉四十分钟过去了。他洗完头推我起身时，还在我肩膀上按压了很久，说是躺久了要活动一下筋骨。顿时，感觉神清气爽。

就说嘛，我看准的地方怎会让人失望，又是一次美好的消费体验。

"姐，我这回手艺有点进步了吗，我看你在看小说，一句话都没说，也没敢问。是不是……我又没洗好？"洗发小哥紧张地问道。

我吃惊地看着他，这才发现，原来他正是上次帮我洗发的那位红衣小帅哥。我这人脸盲，他们店的小哥衣服和发型都差不多。所以就算上次给我洗过头，我也分不清楚谁是谁。

我不由得向他竖起了大拇指，"哇，你真的太棒了，简直判若两人，进步神速啊。"

他腼腆地笑了笑，"还要感谢姐上次提出的意见。如果没有你提出，我都不知道我的差距在哪里，真的非常谢谢姐姐！"

瞬间，这位平凡普通的小哥，在我面前变得高大起来。他稚气未脱的样子，看起来应该不满二十岁。很多像他这个年龄的孩子还在校园求学，或者在父母身边撒娇。

可是他小小年纪，却过早地踏入社会。最可贵的是在他身上看不出丝毫的抱怨与自卑，一脸的阳光，一脸的真诚，还有一股子不服输的劲头。

还有许多和洗发小哥一样的普通人，平凡渺小，他们没有拿得出手的文凭，也没有可拼的爹妈。但他们懂得，从做好一件小事开始，一步一个脚印。哪怕从事着最平凡卑微的职业，依然保持着积极乐观的心态，做好自己的事情。

弄好头发出门时，我特意向那位小哥说了一句：谢谢！

这句谢谢，没有一丁点的客套与敷衍，我怀着的，是十二分的尊敬与真诚。

三轮车师傅

急忙赶到地下停车场收货时,三轮车司机正和值班保安吵得不亦乐乎。两人你一言我一语,唾沫星子横飞,手都指到对方脸上了。争吵中三轮司机推了保安一下,保安师傅差点摔倒。

这下保安不干了,把衣服一脱说:"你竟然敢打人,走,我们到外面单挑去,看老子今天不揍死你这个老头。"

我连忙上前拉开他们,问清原因。原来,商场人行电梯口不能停三轮车卸货,三轮车司机认为就一个东西,仓库又在人梯后面,二三分钟就能卸完,就没听保安劝阻,强行把货放在了电梯口。保安上前让他赶紧走,这个倔脾气老头就是不干,于是就吵起来了。

我连忙喝止住三轮车司机,向保安道歉:"不好意思,这货是我来签收的,既然已经卸了,马上就入库,也就一两分钟,请给个方便。"

保安说:"我就是给他行方便,才让他把货卸在这里。让他车子停好后再来入库,可这老头不知好歹。"

六十多岁的三轮车司机还在骂骂咧咧,一脸的不服气。他头发乱糟糟搭拉着,穿一件洗得发白的蓝色工服,两个裤脚一上一下胡乱挽着,脸色因为生气而涨得通红,像一只无法近身的刺猬。他这个年纪,条件好点的都在家里安享晚年了吧。

"你送货就得遵守商场的规定,保安是没错的,你要别人行方便,也得说几句好话呀。"我对他说:"现在你赶紧把车开到停车区停好,我在这等你入库。"

他不再吱声,默默地停车去了。我递给保安一瓶水安抚道:"别和他计较,你看那人年纪那么大了,还出来跑三轮,也不容易,互相体谅一下。"

保安师傅也有五十来岁,早已过了冲动的年龄,见此也就息事宁人了。我在想,如果今天碰上个年轻气盛的青年保安值班,三轮车师傅定要吃亏了。

到了仓库门口,固执的老头嘴里还在嘀咕着,一副余怒未消的样子。我指着不算太乱的仓库说:"你帮我把这整理一下,另外给你二十块钱工费。"

他马上喜笑颜开,弯腰干起活来。我见他不再生气。就开导他说:"你在外面干活,不能由着自己的性子来,脾气要放好点,多说几句好话不吃亏的。"

他频频点头,送完货经过保安亭时,看到他特意停了车,好像对着保安说了一句"对不起"。

下午赶到另一个工地验收,也碰上了一位三轮车司机,同事叫来运工地围板的。

这位师傅也差不多有六十了。他的脸上始终带着笑容,说话轻声细语。衣服虽然旧,但很干净整洁,印象最深的是,他的腰上还系了一件旧衣服当围裙,以防围板弄脏了他的衣服。

装完货付运费时,同事小声叫起来:"唉呀,我忘记带钱包了,运费咋办。"

我连忙在包里翻找，很不幸的是包里的现金也不够。有些年纪大的老人，根本就不相信手机能付钱，他们只认现金。

"您稍等一下，我马上去银行取钱。"我拿上车钥匙正准备走。

只见那位师傅拿出手机，看着我笑着说："姑娘，你可以扫一扫支付。"

他把手机翻过来，背面摄像头下面，贴着一个大大的微信支付二维码。

"唉，真难为情，我也不懂这个，小孩帮贴的，说现在都用这玩意儿付钱，没办法。"他低下头小声说道，好像很不好意思似的。

我笑着说："师傅，你还挺时髦的，来，我给你扫一扫。"

"现在要不学习点新玩意，就要被社会淘汰了，你看，有钱都收不了。"

夕阳的余晖洒在他身上，像镀了一层金色，他爽朗地笑着，脸上的皱纹像一朵盛开的金菊。

岁月无痕沧桑有迹，生活中总有一些难以磨灭的东西留在脑海，久久挥之不去。比如那位师傅的道歉，比如那位师傅的扫一扫。

十五岁就做了妈妈

以前每年回娘家拜年,女儿都喜欢到姚婆婆家去串门,找依依和贝贝姐姐玩,像跟屁虫一样缠着两个漂亮姐姐。

依依和贝贝是一对孪生姐妹。

自从有了弟弟以后,爸爸妈妈的心思就重点放在了弟弟身上。加上家里贫困,几张嘴要吃饭,夫妻俩迫不得已带着儿子去外地打工,只好把双胞胎女儿寄养在外婆家抚养,每月寄点生活费回来。

这对姐妹花从小漂亮听话。放学回来就知道帮外婆做事,嘴巴又甜,见人就叔叔伯伯哥哥姐姐的叫,深得舅舅舅妈一家人的喜欢。

俗话说女孩的心,海底的针。随着年纪的增长,叛逆期的到来,加上又是寄人篱下这种现实,两个孩子渐渐的变得厌学起来,还动不动就发脾气,顶撞人。

有一次她俩偷偷拿了外婆两百块钱,跑到县城的游戏厅去玩。最后老师找到家里了,外婆才知道她们逃学的事。

老人家年事已高,平时照顾他们俩的生活起居已有些力不从心,哪里还懂什么教育与沟通。她只怕这两孩子不学好，变坏了，她担不起这个责任，赶紧打电话叫女儿回来。

妈妈也是一个没读过几年书的农村妇女，教育孩子的方式无非就是责罚与打骂。回来后，不但没有让她俩回头，而且雪上加霜，母女关系也恶化了。两个孩子在叛逆的路上越走越远。

勉强读到初中二年级，再也不愿去上学了。妈妈有生活压力下的无奈，也有恨铁不成钢的懊恼。各种办法用尽，她们怎么都不肯再回到学校，只好随她们去了。自己又踏上了打工的征途。

十四岁的孩子，个头已经和大人一样了。舅妈找关系，让她们进了县里的棉纺厂上班。多劳多得，她们一个月可以赚一千多元。

去年过年回老家时，姚婆婆见到我，问我有没有带化妆品，我正疑惑，她连忙说：

"依依要出嫁了，我想请你给她化化妆。让她漂漂亮亮地嫁人。"

我大吃一惊，这个女孩才刚满十五岁呀，比女儿大不了多少，怎么就要出嫁了。

依依上班一年多时，在网吧里认识了一个比他大二岁的男孩，也是从小父母外出打工，他留在家里被爷爷奶奶照顾。后来读不进书就辍学了，天天在网吧里混日子。

两个同病相怜的孩子，相同的经历让他们惺惺相惜。很快就懵懵懂懂的谈起了恋爱，两人天天腻在一起，依依班也不去上了。

等到家里人发现时，依依已经有了几个月的身孕。这下子家里炸开了锅，爸爸要去找男孩家里算账，那个始作俑者的男孩吓得在外面躲了起来。

妈妈拉着依依去医院做流产。医生检查后说胎儿太大了，错过了做流产的最佳时期。加上依依年纪小，如果执意要做，可能以后都做不了妈妈。

依依的妈妈气愤极了，控制不住在医院指着女儿破口大骂。依依羞忿难当，哭着说：

"你就当没生我这个女儿，我嫁给他好了。"

"你想得到美，老娘把你辛辛苦苦养这么大。不能便宜了那小子，你嫁他也行，让他家拿十万块钱彩礼来。"

男孩家东拼西凑了十万块钱的彩礼，这门亲事就这样敲定了。由于未到法定年龄，只好先办喜宴迎娶依依过门。

正月初五是依依出嫁的日子。我仔细耐心地给她化了个美美的新娘妆。她穿着雪白的婚纱，外罩着鲜红的毛绒披肩外套，镜子里映出一张娇艳无比的脸，仿佛不食人间烟火的仙子。

外面花车不断按着喇叭催嫁，我偷瞄了一下，人群中并没有发现依依的爸爸妈妈。在孩子人生中最重要的结婚典礼上，妈妈依然选择了缺席。依依向外婆深鞠了一躬，被舅舅抱上了婚车。

大家的脸上都挂满了喜悦与祝福，孩子们在满场跑着要喜糖。只有我，笑不出来，心里被不知名的东西压着，好似一堵墙，有点喘不过气来。

婚后不久，依依产下了女儿。婆婆全程伺候她坐月子，带孩子，疲惫不堪。两个还未成年的孩子当爸爸妈妈，显然他们还没有做好准备。依依拒绝给孩子吃母乳，孩子哭闹的时候他们都远远的躲开，仿佛那不是他们的孩子，而是一个莫名闯来的不速之客。

恋爱的激情已过，小两口步入柴米油盐的日子，还伴有小孩的哭闹，大人的唠叨。两人又没有工作，孩子生下来体质也不太好，经常上医院。他们面临一大堆生存的压力和生活的烦恼，于是经常发生争吵。

少不更事的孩子吵架，都是直来直去的。男孩抱怨说："你妈真狠心，要了十万彩礼，卖女儿呀。"

依依说："我家把我养这么大，还不值十万吗？"虽然她也觉得妈妈要这么多钱有些过分，但嘴上并不服输。

　　一来二去，吵架已成了家常便饭。一到没钱花的时候，男孩都会拿彩礼说事。因为依依一下都不管孩子，只顾自己玩，婆婆有时也会说她。依依心里越来越不舒服，觉得在这个家里，她已变得可有可无了。

　　在又一次和老公吵架后，依依换了手机卡，不声不响离家出走了，丢下了嗷嗷待哺的女儿和风雨飘摇的家。

　　今年除夕前一天，依依的婆婆抱着她十个月的女儿，找到外婆家，一把眼泪一把鼻涕的求着外婆："拜托你们，让依依回家吧。我代那不懂事的儿子向你们赔不是。现在儿子也后悔了，不该和她吵。只要依依肯回来看一下自己的女儿，我给她下跪都行啊……"

　　外婆一脸茫然，都过年了，她也盼着，自己一把屎一把尿带大的外孙女回家呀。可是依依几个月前离家出走后，真的和家里谁都没联系过。

　　依依从小都没得到多少母爱，妈妈从来都没理解过她。除了责骂还是责骂。妈妈也为她的不争气伤透了心，出嫁后愣是没去看过女儿一回，生孩子她都没回来看一下。依依不和爸爸妈妈联系也情有可原。但最疼她的外婆和亲密无间的贝贝都不联系，她心里是有多绝望啊。

　　有人说，她在北京的饭店当服务员；有人说，她在广州的咖啡厅做事；有人说，她在上海的商场卖衣服……

　　可她，还是个孩子呀，十七岁的花季年龄，却没有花一般的诗意人生。多少女孩这个年龄，还在妈妈身边撒娇，还在美丽的校园留连。可她，却背井离乡，在外独自流浪。生活或许负了她很多，还是希望她要学会成长，学会坚强，更要学会勇敢。

　　依依，过年了，百鸟都知道归巢，你这只漂泊在外的小鸟，也快回来吧。翘首以待的老公，血脉相连的亲人，活泼可爱的女儿都在盼你归来。

妈，陪你唠唠磕

妈：

　　此去经年，音信杳无，一切可好？

　　今天是母亲节，我关了一天网络。不知从何时开始，已经很盛行在朋友圈过节了，晒来晒去的都是煽情的母爱，叫我们这些失去妈妈的孩子，情何以堪？

　　真的特别特别想你，心里有很多话想对你说，很想给你打个电话聊聊家常。那串烂熟于心的号码，终究没有勇气拨出去。那次，又习惯性的拨打你的手机，永远无法接通的号码，竟然打通了！

　　我恍若隔世，激动莫名，难道真是你回来了。只是听到电话那端的陌生声音，才知道，此号码已易主，天堂里根本没有服务区。

　　我也老大不小了，近段时间，却和女儿一起迷上了穿越剧。我在想，要是能穿越到你那就好了，看看你在那里过得好不好，你变成了什么模样，你住的房子还宽敞不，吃的可还习惯……

　　不久前，同学秀打电话告诉我，说梦见你了。你在那边被皇上选中，当上了妃子。我嘴里笑她傻得不切实际，可是心里却乐开了花。

　　老妈，是不是真的呀，若干年以后，我们还会在那个叫人生终点的地方相逢，到时，我还要做你的大公主。

　　你看你就是有这样的本事，让我的同学朋友都对你念念不忘。还记得不，咱家盖房子时，很多同学都来帮忙搬砖挑水泥，你笑眯眯地看着那个长得最黑，挑得最多的高个子，悄悄问我：那小子是不是对你有意思。我瞪你一眼：少管我闲事。你说：选他妈很中意，那孩子做事实诚，会有出息，肯定也会对你好。

　　有你这样当妈的吗，人家才多大呀。不过算你有眼光，他现在可是远近闻名的大老板了，只可惜，没当成你女婿。

　　妈，那帮同学还在惦念着你做的猪肉炖粉条呢。他们说，到咱家就像回到了自己家，你就像自己的亲妈妈。你走后，他们陪着我，给你守了三天三夜的灵。

　　你走后，最痛苦最难过的应该是老爸了。在我的记忆中，他曾经是一个"饭来张口，衣来伸手"的大老爷们，酱油瓶倒了都不扶一下的主。可是现在洗碗煮饭扫地什么都做，变化太大了。

　　有时看到他孤孤单单的样子，就劝他碰上合适的再找个老伴。可是他说什么都不肯答应，说这个事太麻烦了，不是单找一个老伴那么简单，要牵扯到两个家庭好多的问题，时间越久，矛盾也就越多。现在年纪这么大，还不如一个人好。

　　你以前老是说老爸对你不好，你看，他这一辈子只选你做他唯一的妻。

　　其实老爸自己也是很矛盾的。你生病时，他衣不解带，陪上伴下；你走后，他把你的照片放在房间，无数次看到他偷偷抹眼泪。你为他生儿育女，含辛茹苦，却总说老爸在家里吃了苦，让我们以后要孝顺他。

　　虽说你们吵吵闹闹了一辈子，可你最牵挂的还是他吧。你放心，老爸身体挺好的，他最近脾气有点大。在弟弟的酒店帮忙，看到大碗大碗的饭菜倒掉，心疼的直骂娘。

估计你在的时候也和他一样吧。你们勤俭节约惯了，看不惯浪费粮食，可以理解。不过开店做生意，浪费也是没办法的事呀，你一定可以理解的对吧。

还是说点高兴的事吧。你儿媳妇又给你添孙女了。小家伙已经两岁，特别聪明可爱。清明节回老家的时候，孩子们在你的遗像前，奶奶外婆的叫，你一定听到了，也高兴坏了吧。

我猜，你肯定又高兴地哭了，瞧你这点出息。孩子们没忘记你，你给他们做的豆腐花，在外孙女的作文里已出现了好多回。

村里人提起你，都满脸遗憾。你真的挺不争气的，吃了一辈子苦，日子刚好点，才六十不到，就撒手而去。你要是平时多为自己着想，说不定能活到八十。就知道瞎操心，有福不知道享，真是个苦命的女人。

可是你真的很厉害哦，一个农村妇女，培养的子女都是大学生和老板，如果你活到现在，一定可以在村里抬起头，挺起胸了。也没人敢笑话你生了一堆丫头片子了。

也不知道为什么，老家的房子早就没人住了，可是总感觉你还在那里守着。逢年过节，还是习惯性地回老家，虽然再也看不到你伫立门边盼望我们归来的身影，也看不到你追随跑来跑去孩子的慈爱目光，只为看看你的遗照，也有莫名的心安。

跟你汇报下我们的近况吧，老二已经是他们集团公司副总裁了，老三老四也把生意打理得井井有条。你最牵挂的儿子，现在也有出息了。当年我借高利贷支持他创业，现在也起来了，今年又扩大了规模。不过他还是有些浮躁，不太务实，我这个姐姐会监督他的，你就放心好了。

今天，给婆婆买了条珍珠项链，她当场就戴上了，对着镜子左照右照，开心都写在脸上。可是，我的心里却难受得不行，此生最遗憾的是，在你生前，从没有买过一件首饰给你。

　　上次在商场看到那件枣红色外套，毫不犹豫就买了，真的非常适合你，你一定很喜欢。反正我们给你买的任何东西，你都会当宝贝一样。

　　絮絮叨叨说了这么多，我也不知道自己说了些什么。如今当妈了，也变得像你一样爱唠叨，真受不了。

　　今夜，能否到我梦里，试试给你买的新衣。

　　以后想你了，就给你写信，好不。虽然不知该寄往哪里。

二零一八年五月十三日

于母亲节

最遥远的爱人——母亲

　　昨天晚上做了一个奇怪的梦，梦见妈妈给我寄来一封信，信上说，我要走了，我今天特意来向你告别。我看着两个小仙子，驾着妈妈款款而来，微笑的看着我。我扑上前去哭喊：妈，妈……。但我抓不到妈妈的手，妈妈正在一点一点的往后退，慢慢的，慢慢地隐去，终于不见了。

　　妈妈离开我们已经三四年了。这一千多个日夜，我们从未曾感到妈妈已经离开我们了。好像她一直就在我们身边，时刻关心我们的冷暖，操劳着我们的饥寒。我们也能感受到她关爱与唠叨，只是这辈子却是再也吃不到她做的饭菜了。

　　为什么就是寻不到她呢，她上哪了？

　　她只是，像孩子一样和我们捉迷藏，躲起来了。

　　她只是，嫌我们不听话，生气的出去走人家了。

　　她只是，伺弄她的菜园子去了。

　　她只是，因为担心下雨，抢收她的稻谷去了。

　　不论相聚还是分离，没有了您，我们生亦何欢，离开了我们，您死又何安。

回想妈妈这一生，真的是苦到没有边际。

小时候由于家里没有男孩，妈妈作为家中的长女，自然而然，要当儿子使唤的。多少重活累活都是她扛着。爸爸是地主家的儿子，成分不好，家中兄弟姐妹众多，别无选择只能做上门女婿。

于是，妈妈娶了爸爸。

一口气生下四个丫头片子后。爷爷的脸上早就挂不住。在乡下，没有生儿子的女人，是被人看不起的，是永远让人抬不起头的事。

为了躲避计划生育，妈妈怀着弟弟躲到了外地姑姑家，计生人员找不到妈妈，就铲了我们家的房子，牵走了我们家的猪，拿走了家里所有值钱的东西，包括爸爸手上唯一一块像样点的手表。

弟弟出生后，包括外婆和小姨我们一家九口，挤在那仅存的半边房子里面。九张嘴要吃饭哪，为了养活一大家子，爸妈真的是没日没夜操劳。外婆是小脚女人，家里的活也指望不上多少，最多就是帮忙看看孩子。妈妈在外面做事收工回家后，又连忙挽起袖子忙家务，她像个陀螺一样不停地转啊转，从来都没有休息过一刻。

记忆中最温暖的时刻就是妈妈在做完家务后，和我们一起坐在火炉边聊天。就是这片刻的休闲，妈妈的手也不会停歇，手里不是在做针线，就是在纳鞋底。

妈妈是个非常能干的人。她的心灵手巧，在十里八乡那都是出名的。全村的女人做布鞋，都得找妈妈帮忙剪鞋样子。妈妈拿起剪刀，气定神闲随意一比划，鞋样子就成型了。除了做鞋子，妈妈还会自己做衣服。还会给我们剪发，给弟弟剃头。小时候我们穿的衣服鞋子基本上都是妈妈手工做的。那个时候觉得她真是无所不能啊。后来我无师自通的学会了织各种款式毛衣。那也是遗传了她的优秀基因吧。

妈妈不仅能干手巧，而且人缘也特别好。村里来了讨饭的，算命的，逃荒的，即使自己的日子过得捉襟见肘，她也总是尽自己最大的能力去帮助。或给钱，或赠送米油。记得那个流动算命先生每年来村子里给人算命，都非要在我们家里落脚，哪怕在火塘边打地铺，也不愿意借宿到别人家。

平时做了什么好吃的。都是前屋端后屋送，半个村子的人都尝到了她的手艺。同村的人家有什么红白喜事，她都是第一个去帮忙。妈妈虽然脾气性格有些急躁，但是村里没有一个不尊敬她的。

妈妈没有上过两年学，她深知没有文化的可怜，所以哪怕再苦再累，也要供我们读书。永远忘不了，每年到开学的时候，爸爸妈妈就会为我们的学费而发愁。家里养的猪，每到开学一定会宰了卖钱，给我们凑学费，凑不够的就想方设法去借。她总是说，只要你们会读书，砸锅卖铁我也会供。

后来，我高中毕业后，没考上大学出去打工，每月工资寄给家里贴补家用。懂事的三妹也因为家里实在太困难，小学毕业后放弃了续读来帮家里干农活。二妹在市里读大学。四妹和弟弟在读初中，家里的负担稍微松了一点。

妈妈觉得这辈子最愧疚的人就是三妹，她总是和我说，你们以后要帮衬着她，只有她没有读到书。三妹出嫁时，妈妈熬夜帮她做了整整三十双鞋。

自从妈妈当家以来，外公外婆相继离世，大姨小姨也从她手里嫁出去。家里的房子从开始的半边屋，到后来的青砖瓦房，又到后面的水泥砖房，翻盖两次。妈妈的手里操办了这么多件大事，还要养活我们姊妹五个，供我们读书。让我们成家立业。她吃的苦受的罪，应该没有什么能衡量的出来。

我们陆续成家以后，都走出了农村。爸妈终于可以松一口气了，终于可以好好休息一下。但他们就是闲不住，在家里侍弄田地，开荒栽树，种了满园子的菜。逢年过节，她都提前做好各种各样好吃的等我们。走的时候都是大包小包分好让我们带回去，每一个都不落下。

　　这种爹疼妈爱的日子，是多么的幸福，多么的让人陶醉，可是也是多么的短暂。短到还来不及体会它的美好，一切就要消失了。

　　五十多岁的妈妈，去医院检查身体，结果竟然患了乳腺癌晚期。

　　那一刻，我恨死了老天爷，恨他怎么如此的不长眼睛啊。妈妈这么善良这么好的一个人，竟会得这种恶病。她这一辈子吃了那么多苦，受了那么多罪，这日子刚刚有了一点起色，老天爷，你就忍心夺去这一点点的曙光。

　　在肿瘤医院做了切除手术以后，她忍住身体上的剧痛，熬过了七次化疗。一度，她的身体恢复的还不错。有时候能一口气爬上七楼。她回到老家，又开始了养鸡种菜的生活。

　　我们也以为，那鲜活的妈妈又回来了。

　　一年以后，她身体上又开始出现各种不适。医生沉重地告诉我们，癌细胞已有扩散的迹象。我们也不得不接受这个现实，老天爷，最终还是不肯放过这个苦命的女人。

　　这次住院放疗后，她的胸口已经大面积溃烂，稍稍一动就钻心的疼，背上更是僵硬得像一块石头，敲上去都咚咚的响。我那可怜的母亲，在病魔的残痛折磨之下，身体虚弱的像一片枯叶，好像一阵风都能吹跑。而这种情形之下，妈妈考虑的不是她的苦痛，总是歉疚地说她的病是无底洞，连累了我们，害我们花了那么多的钱。

　　妈妈的一辈子，从来没有为自己活过一天，没有为自己考虑过一下。她的心里，永远都装着她的儿女，她的亲人和她的家。

　　她是多么舍不得离开我们啊！

　　我们又如何能离得了她，不要说花钱，就是卖车卖房卖血，哪怕搭上我们的性命，能换来妈妈再多一些的时光。我们，也愿意啊。

　　最后的两个月。妈妈躺在病床上，已不太能下地，疼痛时时刻刻地侵蚀着她弱小的身体，从开始的止疼片，到后来的杜冷丁，最后，什么药都对她失去效果，撕心裂肺的疼痛折磨得她整个人都变了形，她生生地忍受着，但她又是极讲究的，每逢有人来探望她的时候，还能生生的挤出一个笑容来，只有在没人的时候才忍不住呻吟。

二〇一三年正月初六日，母亲终于解脱了她苦难的一生，永远地闭上了眼睛，永远地离我们而去。时年她还未满六十周岁。

我知道，这个日子，是她特意选定的。年也过完了，亲戚也走完了，她终于可以无牵挂地走了。除夕的下午，妈妈本就已经陷入了昏迷。但她强忍着挣扎醒来。她是不愿意在这个时候打扰了大家过年的兴致啊。甚至强打起十二分的精神，陪我们吃了一个年夜饭，虽然只坐了不到半小时，于她的身体而言，需要多么坚强的毅力。

那也是我们过的最后一个有妈妈陪伴的年。

虽然妈妈已离去，但是她哪里舍得走远，她只是在我们看不见的地方关注着我们，保佑着我们。

这三年多以来，我们姐弟几个都过得越来越好。做生意的红红火火，上班的顺顺利利，孩子们乖巧听话，老爸的身体也比较健康。妈妈最牵挂的儿子，曾经染上赌博恶习的弟弟，也开了公司，酒店，日子也是日渐好起来了。

妈妈终于放心了。所有她最牵挂的人都好好的，她可以放心地走了。

她来向我告别。她要彻底离去了。

没有了妈妈的孩子，就像那养在花瓶中的花，纵然开的妖娆艳丽，那也是无根的。我们都成了无根的孩子。

人有悲欢离合，月有阴晴圆缺，有些命中注定的离别，我们无法掌控，也无法挽留，但妈妈的品格，妈妈的风姿，妈妈的精神，都已经深深烙进了我们的血液，我们会代替着她，好好活下去。

妈妈，也请求您，快些走，我们不愿意，让我们的牵挂与不舍，拖累您的步伐。今生您已经受尽了所有的苦痛，来世路上一定开满鲜花。

最忆是你

芳草萋萋，人间四月，看一段流水落花逐春去，念一段老旧时光里的思绪万千，回不去的前尘往事，挥不去的思念如潮。

最忆是你，只能是你。

你离世二十年来，深藏于我的最心底，不敢触碰，不能言说。扎根在记忆里的，始终是你的慈祥满面，你的孤寂坎坷，你的倔强卑微。

你出生于风雨飘摇的民国时期。三岁被抱到几十里外的人家做童养媳，被强迫缠了小脚；五岁用凳子垫脚，在灶台上煮饭；七岁，踮着三寸金莲，在寒冬酷暑里洗衣服。

痛苦与折磨伴随了你整个童年。

他们一定忘了，你还是个孩子啊。童年这个词，时髦洋气，你一定没有听说过。于你而言，童年就是永远被不停地使唤，永远也做不完的家务活。你拥有的，不过就是一具可活着行走的躯体。

时间在历史的长河里静静地流淌，此去经年，你已经出落成一个亭亭玉立的少女。寒衣素食，依旧掩饰不了你的清丽。

虽然心里极不乐意，但童养媳的魔咒，成了一道跨不过去的坎。

十五岁同房，十七岁生下儿子。就算成了家，也没被别人拿正眼看过，你卑微如芥草，不过是他们家里花钱买来使唤又能传宗接代的丫头。

你默默承受着那个冰冷男人的冷漠与无视，忍受他对家的不管不顾，以及他醉酒后无事找事的拳头。

在又一次忍无可忍后，你卷缩在柴房，痛苦和无望，一次又一次席卷而来。你默默地解下裤腰带，系在梁上。绝望的日子一眼望不到头，还是快快结束吧。

儿子循迹找到了你，他稚嫩的哭喊声把你惊醒。你连命都可以舍弃，却怎么也舍弃不下这一点骨血啊。为了儿子，你得活着。

生活像流水，爱恨情仇沉睡在每个人的心里，最终都会达到极限。不在沉默中爆发，就在沉默中死亡。在经年痛苦的折磨下，住在身体里的倔强勇敢终于迸发。

跪在公婆面前，你声嘶力竭要求离开这个家，要求和那个冷血男人离婚。

你的举动吓坏了威严的长辈。他们万万没想到，平时不言不语，温柔随和的你，会有这么惊人的举动。自古女人嫁鸡随鸡，嫁狗随狗，离婚是什么概念，不要说在这个山村，就是举国上下，都极其少见呀。

夫家当时在村里有钱有势。公公不怒自威，就是死，也得死在这个家里，别丢人现眼想离婚，那是痴心妄想。

任凭他们如何威逼利诱。你不为所动，无声地反抗着，整整五天，滴水未进。你宁愿死，也不愿屈服。

最终，婆家怕你活活饿死，惹上官司，一封休书把你逐出了家门。

在那种年代，一个女人走出婚姻的道路是多么的困难。冲出牢笼，走出家门的那一刻，你才知道，来时路，去对路，你已无路可走。

村里的人看你都像看一个怪物，流言蜚语，世俗难容，此时的你已无处容身。

  为了能经常看到儿子，你选择了村口的一座破烂柴房容身。受到家人的挑唆，你魂牵梦萦的幼小儿子，从此后，没有再叫过你一声娘亲。

  后来读民国时期的故事。看到同时期的陆小曼，为了脱离婚姻，受到的压力与折磨。不禁感慨万千，外婆啊，你这个目不识丁的乡村野姑，竟然和一代名媛风华绝代的陆小曼，做了同样的事情。

  几年以后，你嫁给了村里最穷的外公。身无片瓦，你们搭个茅棚容身，没有米面，你挖来野菜充饥。先后生下了妈妈姐妹三人，虽然还是穷困潦倒，你的生活终于看到了一丝希望。

  外公性格暴躁，独对你温言软语，一辈子，没舍得动你一个指头。你说知足了，荣华富贵与你是一场云烟，粗茶淡饭，有人疼有人爱的日子才叫生活。

  你吃苦耐劳，勤俭持家，生妈妈的前几个小时，还在磨豆腐。你性格温和，与左邻右居相处和睦，一辈子没与村里的人红过一次脸。你热情好客，谁家有事，都是第一个去帮忙，省吃俭用好东西都要留到来了客人才吃。

  我出生后刚断奶，就随你生活，吃住都与你在一起。在我心里，你比妈妈还要亲。

  你亦待我如心肝宝贝。每晚把我冰冷的双脚搂在怀里焐热。每次放学回家，都瞒着弟弟妹妹偷偷塞给我零食。每受委屈，你必替我主持公道。你对我的宠爱偏心，明显写在脸上，妹妹们都颇有微词，又无可奈何。

  七岁那年，我被自行车撞断了脚。你一个小脚老太太，在医院衣不解带伺候我，任何人都不让替换，你说，其他人照顾我，你不放心。七八岁的孩子，重量也不轻，你抱着我，上厕所，晒太阳，上上下下，全然忘了自己年事已高还跛着一双小脚。

我沉醉在你无边的宠爱中，小小年纪亦懂得了反哺。早晨你起床，我已备好洗脸水，晚上你睡觉时，我已暖好了床。我考了好成绩，你捧着试卷笑开了花。为此，我一直很努力。

在农村人里面，你真的是楷模，温婉得体，没有抱怨，活得潇洒从容。

妈妈长大成人后，招了上门女婿，接过了当家的重任。你退居二线，乐得清闲，总是带着我，走亲戚，看戏，听书，喝茶，优雅得似一个富家太太。

暖洋洋的午后，你穿着浅蓝色对襟棉褂，静坐院里，手执香烟，散开发髻，一米多的长发像缎子一样，我拿着梳子，给你轻轻地梳，慢慢地捋，生怕弄疼了你，扰乱了那一副岁月静好。

我从来不喜欢抽烟的老女人，但你抽烟的样子确是那样充满风情，甚至满身的烟味都让人回味。

每个冬天的夜晚，家里就成了一个小小茶馆。你拿出自己采摘制作的清明野生红茶，火烧得旺旺的，泡一大壶川香红茶，大家暂时忘了生活的艰辛，在火塘边团团围坐，边烤火，边喝茶聊天。有聊家长里短的，谈国家大事的，讲古书故事的，感叹日本鬼子凶残的……

那种茶香，那种温暖，一直萦绕在我的记忆中。有次心血来潮，自己买了几片川香，拿出精美的茶具，上好的茶叶，却怎么也品不出那时的味道了，只因，茶里已没有了你。

你最欣慰的是，最牵肠挂肚的儿子，终于还是理解了你的选择。虽然仍不肯叫你，只以嗯嗯代替，却隔三差五的来看你。每次都不空手，你喜欢吃的，没吃过的，他想方设法给你买。对三个妹妹也是不遗余力的帮，承担起了大哥的担当。

年老的时候，你让妈妈小姨早早备下装老的衣服和棺木，那间装着棺材的小屋，孩子们都吓得不敢靠近。太阳好的时候，你会偷偷把那些衣服拿出来晒，想像着死后穿自己亲手准备的华服去见阎王，也知足了。

你的一生经历过那么多苦难折磨，却能漫谈生死，淡定从容，是何等的通透明白啊。

那场婚姻中的伤害，我把抽丝剥茧的伤痛隐藏在心底。小姨气极："你怎么不知道去恨，去闹啊，他不让你好过，你也不让他好过啊，做错事的又不是你。"我说："心不在了，闹又如何。"

见我依然一副风轻云淡的样子。她又说："你真真跟你外婆的性格一个样。"

为这一句，我掩面痛哭。如果是你，一定会轻抚我的背，轻声说："孩子，就让它过去吧，有外婆在呢！"

从始至终，最懂我的，只有你。

弥留之际，你最牵挂的儿子跪在床前，一声泣血的"娘"，让你此生了无遗憾。

又是一年清明时。墓前，一个白衣的女子，为你点着一根烟，轻声说："外婆，抽根烟吧，又来看你了。"

她一脸的温婉，一生的善良，还有深埋骨子里的坚强果敢。

多年以后，她就活成了你。

向死而生

在生死面前，我们有时候生活得像一根稻草，有太多太多的无能为力。

根婶辛苦了一辈子，如今命赴黄泉，儿女们自然使尽全力，让老娘风风光光下葬。

人生这场最后的盛宴，不仅关乎死者的福泽，还关乎后人的脸面。

根叔的小院里人来人往，老两口平时人缘好，全村老少差不多都赶来帮忙。吊唁的人络绎不绝，一条龙的流水宴，更是摆了一席又一席。

大儿子外号叫大头，木工出身，虽说赚钱不多，但交朋结友不少。二儿子这些年倒腾苗圃生意，大富大贵谈不上，在村里也排在前头。

道士念了三天三夜的经，孝子孝孙们在灵前跪了一地。村里人都说，根婶的丧事是近几年来村里办得最风光的。不仅有念经的道士，还请了唱歌跳舞的乐队呢。

根叔蹲在院墙外的墙脚下，黝黑的脸上眉头紧蹙着。手里忽明忽暗的旱烟，默默地陪着他。在一呼一吸之间，方显示出那是一个活着的生物。

他蹲在这儿几个小时了，不动，不吃，也不说话，任凭谁来劝说，都不肯挪窝，仿佛院里的一切热闹和他无关。

大家都知道根叔老两口感情好，一辈子没红过脸。如今老伴先走了，他一准儿是伤心过度了。

唢呐声忽远忽近传来，请的乐队到了，孝子们也都在大门口迎着。不一会儿，乐队摆开了阵势，音箱里的歌声响起，随行的几个女人边跳边唱，还扭起了秧歌，像办文艺晚会一样热闹。

很快人群都聚拢在一起，兴致勃勃地观看着，时不时发出阵阵笑声。

这时，一直蹲在屋外的老根叔突然一跛一跛闯了进院里，"叭"的一声，他一棍子狠狠地敲在音箱上，指着跳得正起劲的女人们吼道："滚，都给我滚……"

人群一下安静下来，儿女们也莫名其妙看着老爹，不知所措。老根叔指着儿子骂道："你们这些畜生啊，弄这些虚头巴脑的东西有什么用，要用这钱给你娘治病，她也不会死啊！"

他两眼望着院子上方的那一方阴天，忍了很久的泪水，终于浸满了空洞的双眼。许久，他慢慢地从地上抓起一大捆草纸在棺前的火盆里烧着，扬起的纸灰打着卷儿飘向上空，仿佛变成一卷卷的钞票欢快地奔向根婶的怀抱。

"老伴啊，你命好苦啊，活着的时候没钱治病，死后给你烧点钱，你在那边别省着，该吃的吃，该喝的喝，有病别拖着，记得早点去医院……"

他转过身趴在棺木上大声恸哭。

根婶患的是心脏方面的急病，那天突然昏倒送医，县医院都不敢收，120急救车一路闪着红灯送到了省医院。医生抢救了半天，总算暂时脱离了危险。

医生说，最好的方案是做手术，虽然有风险，还有百分之五六十的生存希望。但如果不做手术，随时都有生命危险。手术费用要二十来万，让他们自己商量，手术越早做越好，给他们一星期时间决定和筹款。

根叔根婶都是老实巴交的庄稼人。根叔年轻时个子小，农活总是做不赢别人。为了拉扯几个孩子长大，可没少吃苦。为了多赚点钱，他学会了在石头山上放炮，这种活来钱快，但危险性极高，很少有人愿干。

有一次，他埋好雷管，点上火，再远远地跑开。等了半天，都没动静，他以为没点着，就准备走近重新点火，哪知道刚走到半道，随着"嘭"的一声响，碎石满天飞，他被石头砸晕过去。这倒霉催的，竟然碰上了一颗哑炮。

当看到满身血污的根叔时，根婶吓傻了。所幸这次事故没伤到性命，只是右腿留下了一点残疾，这下更干不动重活了。根叔养好伤后又重新干起了石头场放炮的营生。

自此后根婶更加劳累，每天天不亮就起床，在田间地头忙活半天，再赶回家给孩子们做早饭，喂猪喂羊，她像个陀螺一样不停地转啊转啊，没有一刻能停下来休息。

他们这些年辛辛苦苦地操劳，好不容易帮着儿女们都成家立业了。根婶干不动农活了，就在家带孙子，带了老大家的又带老二家的。

近几年根婶时常觉得胸口痛，她也没太在意，以为累了，休息休息就好，也舍不得钱上医院，就一直拖着，实在痛得受不了，就让女儿买点止疼药吃。可谁知道，这一拖就拖成了恶病，她才刚满六十岁啊。

根叔用乞求的眼光看着儿女们，女儿是泼出去的水，靠不住。他觉得两个儿子一定会想办法筹钱给老伴治病。

大头可犯难了，自己一个手艺人，赚的钱仅够维持家用。这么大一笔钱上哪去弄啊。

"老二，你家富实点，能不能先垫上，我那一份慢慢还你。"大头和老二打着商量，弟弟比自己有能耐，他或许有办法凑齐这笔钱。

老二刚想说话，媳妇狠狠地瞪了他一眼说："大哥，给娘治病，兄弟俩出钱，这天经地义的事。但娘是大家的，让我们一家出钱，那可不行。只要你能拿出十万，我们保证也出十万。"老二媳妇赶紧接过话茬。

大头垂下头，看到站在一旁抹泪的妹妹，妹夫跑运输的，手上肯定活络点。他似乎看到了一点点希望。

"大妹，你能想办法凑点不，就算哥哥借你的。"大头转过身问妹妹。

"我家今年刚翻了新房子，还欠着一身的债，我没有钱呀，大哥。"小妹很无奈哭着。

"那我去借借看吧！"大头真恨自己的无能，关键时候连母亲的救命钱都拿不出，让他一个七尺大男儿，有何脸面活在世上。

一天过去了，两天过去了，大头在外奔波了很久，只借了不到两万块钱，加上老二给的，这点钱和手术费用相差太远了。

根婶在等待中，失去了最佳手术时间。根叔看着老伴痛得死去活来，他心如刀割。他想不明白，老两口为了孩子们成家立业，棺材本都搭上了。现在，老娘要救命，他们却不肯拿出钱来。

果然，水只能往下流啊。

这天夜里，根婶在剧痛中醒来，看着床边一直守护她照顾她的老伴，满头花白的头发，身形越发瘦小。他日夜守着她，累得趴在床边睡着了。

"又疼了吧！"根叔平时睡得和死猪一样，自从老伴生病后，觉就很浅，她一个小动作就能惊醒他。

他伸出手在她胸前轻轻地抚着。根婶觉得自己的病真是一个无底洞啊，不能再连累老伴和孩子们了。

"老头子，我知道你心里有怨气，别怪孩子们，就算筹到了那个钱，我也不会做手术。"

"他们要真心给你治，砸锅卖铁也凑得出钱来。"根叔一想起俩儿子就窝火。

"他们还有自个儿的日子要过呀。"根婶喘着气哭道,"我走后,你可咋办呐?不管哪个孩子接你去,你就去哪家,好歹有口热饭吃呀,可别犯倔了……还有,我的病别声张,给孩子们留点面子。"

根叔看着吃了一辈子苦的老伴,眼泪不由自主地流下来。自从跟了他,就没享过一天福,如果可以,他愿意替她去受这痛和苦。

一口气说了这么多话,根婶痛得面色发紫,大口大口喘着粗气:"老头子,我实在痛得受不了……让我走……让我走……"

她用尽最后一丝力气,含泪拔掉了手上的针头。根叔想阻止她,举起的手又默默地垂下。

第二天一早,大儿媳来换班时,根叔就那样呆呆地坐在老伴的病床前,紧紧地握住她的手,虽然那手早已变得冰凉。

根婶下葬后,根叔像一根蔫了藤的老黄瓜,迅速的干瘪下去。他经常一个人呆在小屋里,哪个儿子家也不去。他整夜整夜地咳,却拒绝儿子们带他上医院。

风烛残年的他,变得越来越沉默了,有时整天都不说一句话。只有在看到幼小的孙子时,脸上才会露出一点点笑容。

身体好的时候,他会拄着拐杖到根婶的坟头,抽着旱烟,一坐老半天,好像在等着什么。

也许他在等一个约定,也许在等一场死亡。

村里最有福气的那个老人

莫太爷是村里德高望重的老人。

他小时候读过一年私塾，是个极其讲究礼仪规矩的人。他勤劳善良，在村子里面很有威望。年轻的时候曾拜师学做木工，他把师傅当自己亲人一样，自家的农活干完，还要去帮师傅家里做事。挑水砍柴，犁田耙地。逢年过节，都会提着礼品，上门看望师傅。

真乃是一日为师，终身为父的典范。

在村里，如果发现哪家孩子没大没小不按辈分乱叫人，他一定会当面制止。甚至还会跑到家里去提醒家长，说孩子要从小教育，长大了才会有出息。

孩子自然少不了家长一顿批。就是大人不讲辈分礼数，莫太爷也会毫不客气指出，有时还真让人下不了台。

所以，我们小时候非常害怕莫太爷。一看见他，都会绕道跑开。

许是受莫太爷影响吧，印象中村子里面虽然不富裕，但却是非常的祥和安宁，规规矩矩的，不管大人小孩，在路上碰见，都礼貌地打招呼，按辈分叔叔伯伯哥哥的叫，仿佛一家人一样。

村里人出门，家里是从来不上锁的，遇上突然变天下雨，外面晒的衣服，稻谷，都有人帮忙收进家里。

莫太爷算是村里最有福气的老人了。他四个儿子一个女儿。大儿子在县上当领导。二子在村里当村长。三儿子当了包工头。最有出息的小儿子，大学毕业通过考试都在省政府上班了。莫太爷一介平凡的农民。培养了这些有出息有担当的孩子。应该是他一生最大的骄傲吧，也是他严格管教的结果。

大儿子读到初二的时候。看家里农活实在多，把被子一挑准备辍学回家帮父亲种地。莫太爷左说右劝，大儿子就是不回学校。他气极了，拣起一根细竹条子，命儿子跪在地上，在他身上猛抽，一直抽到他答应重返学校读书为止。

从此大儿子发奋读书，一路考上大学进了国家机关，成了村里第一个读书走出农门的孩子。有大哥作榜样，弟弟们自然不甘示弱。

村里人一提起他家，都是羡慕得很，对莫太爷也越发敬重。莫太爷虽然劳作辛苦，那腰板却挺得倍儿直。

大儿子每次回来探亲，司机开进来的汽车，成了小孩子的西洋镜。围着车左看右看上看下看不舍得离开。莫太爷笑眯眯地看着我们，嘴里念着，别弄坏了，别弄坏了，眼睛里却是满满的自豪与欢喜。

莫太爷虽然对儿女们要求严厉，但为人很和蔼，整天笑眯眯的。不管碰到大人小孩，都会笑着打招呼，礼数周详。碰到下雨天不出门做工的时候，村里人喜欢互相串门聊天。

莫太爷每次到我家来串门，父母都极其真诚热情地招待，及时奉上茶水，绝不敷衍含糊。他们边喝茶边聊天，这种时候，我们小孩子也是极其喜欢的。因为可以听莫太爷讲他亲身经历的躲日本鬼子的故事。

打日本鬼子的时候莫太爷还是个年轻小伙子。每次都是他去村口望风，一发现有日本鬼子的蛛丝马迹，马上跑回村里通知大家，全村人急忙躲进山后面的一个蝙蝠洞里。

洞里面都会有他们事先藏好的一些干粮。有时一躲一两天，那也是不能生火做饭的，干粮吃完了大家也只能忍着。也多亏了莫太爷和那个蝙蝠洞，全村人才能在日本鬼子一次又一次的扫荡搜捕中幸免于难。

当然，无耻的日本鬼子不会就这样善罢甘休，他们搜不出什么油水。就在村子里放毒气。我小时候看见村里很多老人的小腿和大腿一样粗，一到下雨天就奇痒难忍。听大人说那叫大脚病，根本就无药可医，一辈子都要忍受疾病的痛苦与折磨。

莫太爷说那是因为日本鬼子的毒气所导致的。每每讲到此，他眼中都充满了仇恨，感叹说日本鬼子太坏了，都是前世的恶鬼投胎的。

后来，大家日子越过越好了。莫太爷的儿女们都走出了农门吃公家饭了。他们想把老两口接到城里去享福。但莫太爷说什么也不肯去。他说过不惯城里人的日子，像牢笼一样，楼上楼下住着都互相不认识，人人脸上都带着冷漠的表情，像防贼一样互相提防。

老太婆到城里带孙子去了后，他就一个人在村子里生活，每天养鸡养鸭，侍弄田地，干得不亦乐乎。

终究他还是被儿子们接走了。那次，他因为血压高晕倒在大门口，幸亏村里人发现，及时将他送到医院，才捡回来一条老命。儿子们再也不容他的不乐意，在城里给他们老两口安排了一个两居室。

从此莫太爷进城了。

村里人都知道，莫太爷是进城享福去了。但他却在城里茫然了，经常一个人从城东走到城西瞎转悠。城里时风日下，他经常感叹现代人虽然生活好了，思想却不正了，打架斗殴，违法犯罪，年轻人狂妄自大，有恃无恐。

他老了，已经没有多少人愿听他讲什么礼仪道德，规矩孝道。包括

131

他的孙子都认为那是老一套。他坐在湖边石凳上，看着夕阳渐渐下沉，心思也恍惚起来，他怀疑那么多心术邪恶的人，是不是那些死去的日本恶鬼子投胎转世来继续为害人间的……

莫太爷终究还是老了，虽然身子还算硬朗，眼睛却渐渐看不清了，他终日困在家里，像个囚徒一样。有一次村里人去看他，他泪流满面，拉着年长些村民的手嘱咐，死后希望帮忙盯着他的后事，他怕年轻人不按规矩乱搞。

那年他们全家回村过年，莫太爷拄着拐杖，在田间地头走来走去，虽然眼睛看得不是很清楚，但那熟悉土地的芳香让他心头无比舒畅。他想起了和日本鬼子周旋的无畏青年，想起了抚养子女成才的艰辛中年，想起了受全村人尊敬的耄耋老年……

如今，儿女个个有出息，他这一辈子，也值了。他一直是个坚强果断的人，现在又怎么能成为儿女们的负担，他知道自己不属于城里，他属于那浑厚挺拔的大山，属于亲切熟悉的土地，属于淳朴安宁的小山村。

年后正月十六，本该是他们回城的日子，莫太爷拒绝了坐儿子车回去，说第二天搭村里的便车，让他们不要担心。儿子千叮咛万嘱咐把老妈先接走了。

那晚，莫太爷拿出早就藏好的农药，嘴角带着微笑喝下去，仿佛在喝一碗壮行的烈酒，淋漓而痛快。

莫太爷下葬时，十里八乡的乡亲，村里在各地工作的后辈，都赶来送他最后一程，他的大儿子痛哭三天三夜，女儿也几度昏厥，我那轻易不掉泪的老父亲，也在莫太爷棺上悲恸不止。

莫太爷一生受尽了苦难。他没有被风风雨雨压倒，坚强的像蝙蝠洞口那一棵沧桑的老槐树。穿越时光和历史的烟尘，生命在慢慢消失，精神却永远地存在。

猝不及防

晚上下班途中，接到妹妹的电话，说大姨在养鸡场干活时，被机器压了双脚，粉碎性骨折。县医院不敢手术，救护车正在送往市医院的路上。

放下电话，心里堵得难受。眼泪不自主地流下来。心疼大姨这么大年纪了，还遭受这样惨重的痛苦和意外。

晚饭也吃不下，焦急不安地等着消息。一个小时过去了，两个小时过去，这本来只有三四十分钟的路程，怎么这么久还没到？

糟糕的是，高速公路上修路，加上前方出了交通事故。车堵成了一条长，救护车卡在中间，上不能上下不能下。

大姨痛得忍不住惨叫，牙齿把嘴唇都咬破了。身体卷缩着，五官都痛得变了形。这个倒霉的日子，连高速公路也来凑热闹。直到四个多小时后，车辆才开始慢慢地挪动。到达市医院时已是晚上十二点多了，主治医生等在医院，连夜会诊。

可怜的大姨已被折磨得奄奄一息，虚弱地躺在病床上。竹杆一样细

133

的双腿，被医生五花大绑固定在支架上，不能动一下。嗓子早已叫哑了，嘴唇干裂，只能从喉咙里发出痛苦的呻吟。

经过了光阴的洗礼，我当然知道人生不可能顺风顺水，会充满了这样那样的意外，总是语言乏力的宽慰身处苦痛折磨的朋友要看开，想开。但这种不幸直直的落在了最亲的亲人身上，还是让人难以接受，我的心痛不可抑，似针扎一般。

苦命的大姨，生下来没几天就病的奄奄一息，农村缺衣少药，家里穷的叮当响，也没钱医治。那时候的孩子，贱命一条，从来都是自生自灭。大姨抽搐的厉害，几下就没了呼吸。外婆吓得直哭，外公见女儿没了气，就用竹篮子一装，放在猪栏架上，准备天黑时丢到山上，挖个坑埋了。

终究是母女连心，外婆舍不下女儿，偷偷去猪栏看看，伸手一摸，没想到孩子竟然又有了一丝气息。

大姨又被抱了回来，小小的生命力是如此的顽强，抽搐着竟然又活过来了。她如此贪恋人间的美好，好不容易投胎做回人，怎能如此轻易地离去。

成长的路也充满着苦难折磨。穷人的孩子早当家，她只读过二年书，沉重的农活把她的肩头压弯，一米五的时候就再也长不高了。娇小瘦弱的大姨，在六七岁的时候，脚上长疮，烂到了骨头，也无钱医治。最后慢慢的愈合，脚上不仅留下了一块大疤，而且还有轻微的跛脚。

妈妈离开人世几年了，每次回老家，看到大姨，就像看着自己的亲娘一样。我在县里开店的那几年，一年四季，大姨总是把新鲜的蔬菜不停地送过来；还有做好的米粑，磨好的豆腐，自己制作的咸菜，萝卜干，霉豆腐；还有端午的粽子，中秋的月饼，过年的腊鱼腊肉，一样一样，生怕我们没有尝到。有时自己挤着班车辛苦送来，有时叫村里人带过来。

前两年，她迷上了打麻将，大场子小场子，有叫必到。每年辛辛苦苦赚的一点钱，大部分都输在了麻将桌上。大家左说右劝，今年她决定改邪归正戒掉麻将。

但她是个闲不住的人，找了一份养鸡场捡鸡蛋的活。别人都嫌又脏又累，干不了几天，大姨坚持干下来，每月一千多块钱工资，说是能动一下，就帮家里减轻点负担。

却没想到年近花甲，出了这种意外。她成人以后没啥大病大灾的，却没防着，到老了，出了这么大的事故，也许还会落下终生残疾，她的内心该有多崩溃。

第二天熬了排骨汤送过去，大姨勉强喝了一点点。泪眼婆娑看着我说，痛得活不下去，真想一把安眠药结束这种痛苦，从此不再醒来。忍不住陪着她哭，唯有百般安抚，在困难与灾难面前，亲人的慰藉与陪伴，也许可以减少她一点点痛苦。

其实，生活就是一场不可预见，充满了太多的猝不及防，我们永远也不知道，意外和未来，谁会先来。

如此，珍惜眼前的日子，握紧手里的幸福，开心快乐地过好每一天，比什么都重要。

在已婚的生活里，过着单身的日子

刚认识小雨的时候。她是当地一家著名旅游公司的副总，管着一百多人的团队，在公司，一人之下，百人之上，可谓是叱咤商场的白领精英。再加上姣好的面容，过人的口才，流畅的英语技能，成为公司和外人羡慕的对象。那时我对成功人士的理解，就是像小雨这样的。她是我的偶像。

春风得意的小雨，有一个最大的烦恼，就是男朋友不得父母喜欢。他俩是大学同学。男友张伟是来自农村的，毕业以后，拒绝了上海贸易公司的高薪诚聘。跟着小雨来到了家乡的小城市发展。进了一家稳定，但薪水不高的公司混着小日子。小雨本来也被分到学校教书，但她放弃了铁饭碗，去旅游公司上班，目的就是为了多赚点钱。

小雨的父母是死活不同意他俩在一起的。原因是张伟来自农村，家庭负担很重。很小的时候妈妈就去世了。父亲又娶了其他的女人，还有一个弟弟，两个妹妹。都是要靠着他的。小雨的父母认为，跟着这样的男人以后肯定是没有一天好日子。自己千辛万苦把女儿培养成大学生，没指望着享福，但最起码要把自己的日子过好了。

张伟也是一个勤劳踏实的好男人，对小雨非常好。上班送下班接。秀恩爱，撒狗粮，把公司未婚的一些小姑娘羡慕得不要不要的。小雨一心一意跟着他，不惜和父母闹翻。那时候年轻气盛，父母都气得要跟她断绝关系，她也不为所动。

小雨瞒着父母和张伟偷偷的领了结婚证。由于父母不支持和张伟的家里靠不上，他们上班不久，也没有多少积蓄。小雨找公司老总借了一笔钱，付了首付，买了一个六十平米的房子，作为他们的婚房。

婚后的他们更加恩爱，一年以后，漂亮的女儿呱呱坠地，他们温馨三口之家更加幸福。那时候看着他们，认为那便是爱情最好的模样了。

小雨依旧拼命的工作。那工作委实是辛苦的，小雨常年嘶哑着声音，因为接打电话，把嗓音都说坏了。

之后他们卖了小房子，又换了大房子。小雨说，终于给父母一个交代了。她那么拼命的工作，顶着那么大的压力贷款买大房，就是为了向父母证明她的选择没有错。张伟依旧在那公司不好不坏地混着。高不成，低不就。家里大小事情都是小雨做主。张伟每月发工资一分不少交给小雨，对自己也是非常苛刻。我曾经听小雨说过，她老公一个星期只花三十块钱。无法想像他是如何做到的。

张伟的工资不高，女儿逐渐长大，各种兴趣班花费加上房贷的压力，小雨只能更加辛苦的工作，加班加点，随时出差。虽然累死累活，但她是在为家庭付出，无怨无悔。

有一次，同事生了儿子，打电话给小雨报喜。张伟在旁边听见了。低声嘟哝了一句：看别人多能干，都能生儿子。

小雨气得一口血差点没吐出来，自己这么扒心扒肺的为家庭付出，原来，他竟然还嫌弃自己没给他生儿子。

自从得知张伟的心思以后。小雨花了很多的时间精力去培养女儿。

有段时间给她报了七个兴趣班，小姑娘也是争气，学什么都干劲十足，琴棋书画都学得有模有样的，小雨固执地认为，只有女儿足够优秀了，才能让张伟打消重男轻女的思想。

后来张伟的弟弟也结婚生了一个女儿，他的老父亲在村里面天天以泪洗面，说不活了，张家绝后了。张伟是一个孝子，看父亲这样，就不断地在小雨耳边说，让她再生一胎。小雨想到生女儿的时候，没有婆家人的半点帮忙照顾，还是自己的妈妈心疼女儿，过来伺候她坐月子，好不容易把女儿拉扯到这么大，她再也不想受那种痛苦了。

小雨由于工作的劳累和压力，当时她的身体已经出现状况，年纪轻轻的竟然闭经了。去医院检查的时候，医生说，如果不想再生孩子就自己回去慢慢调养，如果想再生的话，就要去做腹腔镜手术。小雨吓得赶紧说，再也不生了。

那段时间张伟总是沉默着。做家务的时候，也慢慢的有了脾气，摔东丢西的，不痛快明显写在脸上。

有一天，张伟柔声对小雨说，他问过熟悉中医，说小雨的病如果不治，对身体损伤很大，建议她还是要去吃中药调理。小雨见张伟如此关心自己，就答应了去找中医。

哪知道吃了一段时间中药以后，小雨竟然怀孕了。

她慌忙去找医生，医生告诉她，这本来就是治不孕的中药呀，是她老公特意要求的，并且还说她的子宫壁已经非常薄了，根本就不能再打胎。

那一刻小雨彻底崩溃了。她为自己悲哀，为了这样一个思想龌龊、丝毫不关心她身体状况的男人，她所付出的一切真的有意义吗？他真的值得她爱吗？

那时候的小雨已经是三十多岁的高龄产妇了，常年高压的工作，使得她的身体差到了极点，孕期的种种折磨让她生不如死。

确实她的心也死了，对张伟失望至极，从此，对他不再抱有任何的幻想和期望，对他也不再温言软语。

争吵，成了这个家庭的家常便饭。

当小雨插着氧气管冒着九死一生的危险剖腹产下儿子时，她哭着说我对不起这个儿子，我是带着郁闷和怨恨来孕育他的。

张伟终于心想事成，他也越来越勤奋了，但是尽管他再怎么努力，挣回来的钱却不多。

小雨由于产后身体极差，也不能去上班了。由于没有钱请保姆，最后迫不得已辞职在家照顾带孩子。

他们的日子已经过得捉襟见肘。

巨大的经济支出，加上小雨本就没有释怀的心情。不久，小雨竟然得了轻度抑郁症。

那个时候小雨天天感觉到生活的无望，无数次的想到了死。

妈妈心疼死了女儿，拿出自己养老的钱支撑他们过日子，天天陪在女儿身边，帮她照顾孩子。

小雨说，现在才明白了妈妈当初为什么那么反对他们在一起。母女连心，哪个妈妈不是扒心扒肺为自己的孩子好。她为年轻时那般伤父母的心，后悔得肠子都青了。正是由于母亲的陪伴，她才慢慢从忧郁症的状态中解脱出来。

好在女儿还是很争气的。初中毕业，以全市前五名的好成绩进入重点高中，免费入学。英语更是在各种竞赛中获奖无数，上高中后，当上了学习委员，团支书，也是老师重点培养的对象。一手琵琶也是弹得如泣如诉。

但小雨说，女儿就像个白眼狼。

她腰病发作，在床上躺了五天，女儿愣是没有进去问候一句。在夫妻俩常年的争吵中，小小的孩子，早就习惯了冷漠看待一切。

再遇小雨，她早已没有了往日白骨精的意气风发。经过岁月的洗礼，身上有一种看开一切的云淡风轻。坐在咖啡厅里听她讲那些经年往事。为这个骄傲美丽的女子，我的心莫名的痛起来。

小雨说我如此努力拼搏，可是我得到了什么？选择大于努力啊，正是因为当初选择了张伟，同情他的可怜遭遇，不忍和他分手，没有看清他的本来面面，既然落到如此境地。

经历了这么多的苦痛折磨，命运还是没有放过这个美丽坚强的女子。就在去年，她检查出肝脏上长了一个肿瘤。医生说，如果开刀风险极大。现在只能吃药维持平衡，让肿瘤不再长大。虽说是良性的，但也是一个定时炸弹。

小雨说，她不怨天尤人，她是自作自受，她也根本不怕死，因为活着也没让她多快乐。现在最大的心愿，就是尽自己最大的能力，对父母好一点，能给父母养老送终。能陪伴孩子更大一点，更长一点。

其实在患病的日子里，小雨也没有放弃学习，先后考过了营养师证，会计证，还有教育资质证等。

她现在正在着手操办一家教育托管机构。

期待小雨破茧成蝶的那一天。

至于和张伟，她只淡淡地说，不过是在已婚的生活里，过单身的日子罢了。

他用善良祭奠那条残腿

　　二狗拄着拐杖，一瘸一拐的来到后山的那棵樟树底下，呆呆望着那个小土丘发呆。满是皱纹的脸上充满了不甘与屈辱。他已记不清来过这里多少次了，也不知道自己为什么要来这里。每次看着一片狼藉的家，他的心中都会升起一股无名火，却找不到发泄的理由，实在憋屈得难受。

　　樟树底下，小土丘里，埋着他的一条腿。那是他生命的一部分啊，仿佛每次到了这里，他才感觉自己不是个废物了，他又是那个能干的年轻好后生二狗了，他可以用自己的双手，创造美好生活，让老婆孩子都过上好日子。

　　年轻时的二狗在村里是个响当当的好后生。虽然家里穷，但他吃苦耐劳，忠厚老实，靠着一双手，把庄稼侍弄得年年大丰收。娶了邻村漂亮贤惠的桂花，小两口恩恩爱爱，田间地头，房前屋后，都留下了他们勤劳的身影。后来桂花给他生了两个大胖小子，一家四口其乐融融，小日子过得抹了蜜一样。

　　二狗计划着，再过两年，把老屋重新翻新一下，再带着老婆孩子去省城玩几天。桂花说长这么大还没去过除了县城以外的地方。得圆了她这个梦。心里有盼头，他觉得身上仿佛有使不完的劲。

然而命运之手偏偏喜欢捉弄人，二狗的幸福日子，连同那美好的梦想，在那个残阳似血的黄昏，戛然而止。

那天傍晚，承包了村里修路活计的大牛，开着运输车拖来一车沙子，招呼着壮劳力帮忙卸沙。二狗从来都是个热心肠，自然也闻声而来。不一会儿，路两旁已堆满了。大牛爬进驾驶室，发动车子，把车往后倒准备腾出块空地。二狗站在沙堆旁边，不知怎么脚下一滑，一下摔倒在车轮底下。大牛来不及刹车，硬生生的从二狗腿上压过。只听"啊"的一声惨叫，二狗当下就昏死过去。

当他醒过来时，左腿齐大腿根下，已是空荡荡的。由于当时医疗条件有限，二狗永远失去了一条腿，看着病床边哭得死去活来的桂花，他明白，现在的他，已经是个一条腿的残疾人了。可是他怎么能没有腿呢，父母年事已高，孩子还那么小，还有两个弟弟在上初中高中，都是要他帮扶的，他是家里的顶梁柱啊，他怎么能没有腿呢？

二狗叫天天不应，叫地地不灵。大牛丢下医药费后就不知所踪，桂花整日以泪洗面，她怎么也想不明白，那个身强力壮的丈夫，转眼间怎么就再也站不起来了。家里失去了主心骨，让他们的日子怎么过。

二狗让桂花端来那条已失去血液供养的断腿，抱在怀里轻抚着，像在诉说，就像在诀别。他终于忍不住嚎啕大哭。

他特意交代弟弟把这条断腿带回老家，埋在后山的樟树底下。

二狗出院后的第七天，大牛现身了。他来到二狗家，看着他空荡荡的裤腿，扑通一声跪在二狗面前，狠抽了自己一个大嘴巴，眨巴着眼睛，硬生生挤出几滴眼泪来。二狗一家都是善良忠厚的庄稼人，见大牛这样，也说不出责怪的话来。

"二狗叔，你放心，以后你家里有啥重活，我都包了"。

大牛边说边拿出一个包："这是八万块钱，是我东挪西凑来的，算是给你的赔偿，我知道这点钱补偿不了什么，但我家现在负债累累，确实拿不出更多钱来，不过你放心，以后你家有任何困难，我会一直帮忙到底的。"

二狗见事已至此，大牛又态度这么诚恳，都是同一个村的，也不好撕破脸皮，无奈答应了八万块赔偿。大牛顺势拿出一张早已写好的协议，让二狗在上面签个名字压个手印。说是过个台套而已，二狗想都没想就写上了自己的名字。

自此以后，桂花用娇弱的身躯挑起了家里的重担。两个弟弟因为没钱交学费，也相继辍学出去打工了。老父老母本来就身体不好，经此打击，日夜忧患，身体每况愈下，没过几年就相继撒手离世。

二狗的脸上再无笑容，他拄着拐杖，做一点力所能及的家务。桂花的劳累，他看在眼里，急在心里，却帮不上一点忙。

那一点赔偿款早在日常的消耗及父母的治病办丧中花得一干二净。他们住在年久失修的老房子里，日子过得捉襟见肘。

那次车祸以后，大牛就带着老婆孩子上城里讨生活了。听说混得还不错，在房里买了车买了房。他很少回村。至于他承诺的会一直帮扶二狗，不过是一句空话。

转眼间，两个孩子上初中了。他们的花销越来越大。桂花没日没夜的忙活，也很难凑足孩子们的学费开销。

"去城里找大牛帮帮忙吧，这么多年，除了那八万块，再没再向他要过一分钱。至少，他应该帮孩子出点学费吧。"桂花建议道。

这么多年以来，二狗心里确实是憋屈的。不要说大牛再给予经济帮助，就是连句问候的话也没有，好像完全忘了他的存在。

"也好，咱们上城里找他。"二狗决定和桂花一起去找大牛。

大牛好像早就预知他们会找上门一样。他留二狗夫妻俩在家吃了个午饭。饭后，他一边用牙签剔着大黄牙，一边慢条斯理地拿出一沓钱来，交到二狗手里说：

"那次事故，是我有错在先，但当时白纸黑字都写明了，八万块钱了断了的，现在既然你有困难，我也不能不帮忙，这一万块，先拿去用吧。"

二狗着急道："谁说八万块了断了，我一条腿就值八万吗。你不是说当时拿不出钱，后面我有困难再帮的吗？现在我娃的学费都交不起了。"

"你看这都是当时你签了字的。"大牛拿出早就准备好的协议书给二狗看。

"大牛，你这是欺负我们不识字，看我们老实，给我们下套吗？"桂花急得破口大骂。

二狗气得说不出来话来，他看着这个毁掉他一辈子幸福的同村老乡，眼里冒火，恨不得将大牛生吞活剥，但最终他什么也没做。

"人在做，天在看，做人要讲的是良心。"二狗说完这句话，就拉着桂花离开了。

两个弟弟知道哥哥受了欺负，准备上门找大牛讨个公道，被二狗拦住了。

大牛那是指望不上了，桂花一双柔弱的肩膀，在田地里实在刨不出多少活路来。只好带着刚初中毕业的大儿子，出外打工了。

二狗无奈带着读初中的小儿子，守着几亩薄田在家艰难度日。

几年以后，桂花母子俩用打工赚的钱给家里翻盖了新房，小儿子也考上了省里的大学。

上天终有好生之德，他们一家人，始终与善良为伍，也算是守得云开见日月了。

孤独的老人

> 生于死，苦难与苍老，都蕴涵在每一个人的体内，总有一天，我们会与之遭逢，我们终将浑然难分，像水溶于水中。
>
> ——柴静

小的时候，喜欢缠着奶奶讲故事。最喜欢听她讲那些抗日战争时候他们亲身经历的故事。每每讲到村里那个孤苦无依的大妹婆，奶奶就不由得湿了眼角，几度哽咽难语。那些早已久远的苦难，鲜血淋漓的过往，已经永远地镌刻在他们的心尖上了。他们害怕诉说，更害怕那些早已经结痂的伤口，被再度血污拉撒地撕开。那会让他们更加悲伤不止，痛苦难过。

在我的记忆里，村里人都称呼"大妹婆"的那个老人，住在一间连窗户都没有的土坯房子里，房里终年阴暗潮湿。最里面摆着一张床，床顶挂着打满补丁的老式蚊帐，床上垫着破旧的棉絮，那床单被子也是暗暗的颜色，仿佛永远洗不干净似的。

进门口的地方，几块砖头搭成个小火炉，上面的铁钩上挂着一个黑乎乎的烧水壶，烧水和煮粥都用这个。大妹婆一般是早上生火熬一锅粥，然后就着萝卜干咸菜吃一整天。就是那些下饭的萝卜干咸菜，都是村里人送的。

每逢村里有人改善伙食，也会做好了端点给她，大妹婆也就可以趁机改善一下伙食了。

她这间融合了吃喝拉撒睡的土胚小房，和周围的青砖瓦房比起来，显得那么的突兀与孤独。

她的房里终年都是昏昏暗暗的，没有光亮。因为她没有钱交电费，所以整个村里就她家这个小房子没有电灯。每到傍晚，她都就着黄昏的余光早早地吃完饭上床了。就算是点煤油灯，也得省着呀。

她的小名叫大妹，也许是出生的时候，因为是女孩里面的老大，所以就被大人随意叫了个名吧。老了，自然成了大妹婆了。我小时候，特意悄悄地问过她，知道自己的姓和大名不。她瞪着浑浊的双眼想了半天，摇摇头说：不知道。

大妹婆很小的时候，就被卖到我们村的一户人家做童养媳。六七岁的年纪，就要大清早的被叫起来去给全家人煮饭熬粥。人还没有灶台高，就搬个凳子垫脚。做好了早饭端上桌，那要让着家里的男人先吃，女人和小孩是没有上桌吃饭的资格的。等到她吃的时候，往往就只剩下一点米汤和剩菜了。

在饥一餐饱一餐的煎熬中，大妹婆长到了十六岁，和定娃娃亲的男人圆房了，她先后生下一儿一女。一家人虽然仍然吃不饱，穿不暖。但男人吃苦耐劳，她自己勤俭持家，也不至于饿死。

在那个年代，又有几家人能够畅快的吃顿饱饭，不都是在半温半饱中艰难度过。

那是一个寒风刺骨的冬日，凛冽的风夹杂着雪粒子恣谑着大地。村口那棵光秃秃的老樟树上，几只燥舌的乌鸦时不时哇哇地叫着，让人心里莫名沉闷和烦躁。

大妹婆端起一脚盆衣服，颠簸着小脚去河里洗。走到老树下，顺手拣起个石头向树上扔去。乌鸦受了惊，拍着翅膀飞走了。等到她走到河边，那些讨厌的鸟又重新聚在老树上叫了起来。

莫非真有大事要发生，大妹婆心里一沉，有一种不祥的预感。当地有一种不成文的说法，乌鸦叫都是凶兆，何况这几只该死的乌鸦头天晚上已叫了一整晚，吵得全村人都忧心忡忡。在这个兵荒马乱的年代，脑袋都是别在裤腰带上的，随时都有丢掉的危险。

河边两个洗衣服的女人看到大妹婆，互相打着招呼，她蹲下身子，用力搓洗衣服，三个女人家长里短地唠着。

一缕头发掉下来挡住了眼睛，大妹婆用手拢了拢头发，突然一屁股跌坐在地上，手指着前方，吓得说不出话来。另外两女人顺着她手指的方向看过去，只见黑压压的一群日本鬼子，端着明晃晃的刺刀，背着长枪偷偷地向村里走来。

日本鬼子来，快跑哇！

两个女人大声喊着，慌忙丢了衣服向村里跑去，大妹婆才反应过来，忙跟着追上去。

"呼"的一声枪响，一个洗衣女人应身倒地，鲜血顿时染红了一大片河水。敌人抓住小脚的大妹婆和另外一个女子，要她们俩前面带路。

那一声枪响，顿时惊醒了村里的人。也为大家多赢得了几分钟的时间。村民们没命的向后山跑去，后山柴林密集，地形复杂，鬼子们也不敢轻举妄动。山里还有一个非常隐蔽的山洞，大家都可以躲在那里。以前鬼子几次扫荡，大家都侥幸躲过。

两个女人吓得浑身发抖，她们知道落入鬼子手里，肯定保不住命了。唯有祈求丈夫和儿女们能跑快点，不要被鬼子抓住。

到了村里，鬼子把两个女人绑在村口老樟树底下，端着枪猎狗一样开始了搜寻。村里大部分人都跑掉了，鬼子们折腾了一个多小时，还是抓住了十个来不及跑的村民。抢了猪羊粮食及所有值钱点的东西，到村口集合。

大妹婆扫了一眼被俘的人群，差点昏厥，她的丈夫和九岁的儿子正在那被俘的队伍里面。

原来丈夫带着儿子在地上干农活，来不及逃跑双双被抓，家里只有十二岁的女儿跟着大家跑掉了。儿子也发现了被绑着的妈妈，大声叫着朝她跑来，一个日本鬼子拿起长枪，随着一声枪响，儿子在离妈妈一米远的地方倒下了，眼睛瞪的大大的。

丈夫眼睁睁看到儿子被打死，疯了一样挣扎着冲向孩子，端着刺刀的鬼子嗖的一刀刺向他的肚子，再使劲转动刀柄，又嗖的抽出来。那白花花的肠子就随着刺刀一起流出来，顿时鲜血染了一地。大妹婆亲眼看到丈夫痛得在地上满地打滚，鬼子嘴里叫嚣着又一刀刺去，慢慢的，慢慢的，他不再挣扎，终于不再动弹了。

鬼子连杀两人，被俘的村民早就吓傻了，大气都不敢出。大妹婆瞬间失去两位至亲，她的心像刀绞一样，大声哀嚎着，痛骂着这些惨绝人寰的畜生。她只求鬼子能痛快的给她一刀，让她们一家人在黄泉路上相聚。可是两个鬼子滴滴咕咕一阵子后，并没有杀她。她嘶喊着，感觉浑身没有一点力气，渐渐地晕死过去。

恍惚中，她看见丈夫和儿子在急忙往前赶路，大妹婆伤心欲绝，她着急地喊着：娃儿，等等我，等等我呀。然而父子俩并没有停下脚步等她。

他们来到一座桥跟前，男人回头看了她一眼说：带着女儿，好好活着。然后和儿子突然消失不见了。大妹婆撕心裂肺地追喊着。

等她缓缓地睁开眼睛，才发现她并没有死，刚刚只是做一个梦。她

148

被带到了日军的临时指挥部，关在一个黑暗的柴房里。大妹婆无声地哀恸着，她的眼睛干涩难忍，眼泪已经流干了。

过了两天，她同另外十来个被抓的妇女一起，被日本兵带着去洗了个澡，然后被带进另一间房。日本兵命令他们脱光衣服躺在木板上，有个姐妹誓死不脱，日本鬼子上前一把扒了她的衣服，一刀就割掉了她的乳房，可怜那女子被活活痛死了。日本鬼子看到那些光着身子的妇女，眼睛都直了，奸笑着哄抢开来。最终，大妹婆被七八个日本鬼子轮奸了。

在日本狗惨绝人寰的非人折磨中，陆续有姐妹被活活的折磨死掉。大妹婆咬紧牙关强忍着，她早已没有了哀伤和喜乐。她有的只是满腔的仇恨，她恨这个充满了残忍暴力和死亡的阴森世界，恨那些惨无人道丧尽天良的狗强盗。但她相信，寒冬一定会过去，遥远的春天也终将会到来。

在日本鬼子的又一次阵地转移中，大妹婆借着解手的间隙，迅速跳进了一片高粱地里，凭着夜色的掩护，终于拣回了一条命。

黑暗终将抵挡不了黎明的到来。大妹婆历经苦难，终于等到了那个春天。日本鬼子如丧门犬一样仓皇逃走，多少惨死的冤魂也可以瞑目了。

解放后的八十年代，村里把她立为五保户，还出钱出力给她盖了间土胚房子。善良淳朴的村民把她当家人一样看待。

兵荒马乱的日子已成为永远地历史，人们正在热火朝天的奔向美好新生活。

大妹婆的生活虽然安定下来，确成了一个寂寞的孤寡老人。她觉得活在世上也不过是个活死人，丈夫儿子惨死，女儿远嫁，只剩下她一人在人间煎熬。

老年的她从未掉过一滴眼泪，她的眼泪已在那一场人间地狱里流干。很多时候，她就那样木然坐着，不言不语，眼睛长久地盯着一个地方看。

没有人知道她在看什么，也许她自己也不知道吧。

日子一天天过去，叶子绿了又黄，黄了又绿。一个暮色苍茫的深秋，村民发现大妹婆好像两天都没打开那扇紧闭的小门了。大家撬开门后发现她穿戴整齐躺在床上，身体僵硬冰凉，早已断气多时。

　　太妹婆终于走完她悲惨、孤独、凄凉的一生。每年清明，村里人都会自发去她坟上献上一朵清明花。也许正是这一抹人间的温暖，让在她悲伤成河的苦难中，看到了一丝光亮。

第四辑　烟火的爱恨

生死之恋

　　窗外，瓢泼的大雨就像断线的珠子一样往下掉，豆大的雨点溅起水花，犹如一个个小小的喷泉。刹那间，小路上，沟渠里就积满了水。

　　这场暴雨，已经下了整整七天。电视里都在实时播报南方的灾情，曾经的烟雨江南成了半个洪泽地。

　　"娘的，这个鬼天，破了洞一样，再下我们这地势高的村也要被淹了，真是个灾年啊！"王爸望着窗外如泼的大雨一筹莫展。

　　"小玉的预产期还有二三十天，要碰上这样的鬼天就完了。"王妈编织着未来小孙子的毛衣接过话茬。

　　"那也不能大意，等水退了，路通了，还是送到医院去住着比较放心。"王爸总觉得心神有点不宁，像有什么事要发生一样。

　　王妈放下手里的毛衣，轻手轻脚走上二楼。宽敞温馨的卧室里，小玉和衣躺在床上午睡。瓷娃娃一样的脸蛋充满了胶原蛋白，皮肤白嫩得像剥了壳的鸡蛋。柳叶眉微微蹙着，她睡得极不安稳，好似有什么心事一般，让人忍不住地怜惜。

王妈拿过一条薄毯轻轻地给她盖上。

她当然知道小玉在担心什么，儿子王斌上围堤抗洪抢险去了，这灾情，随时都有破坝的危险，哪能不揪心。

岌岌可危的堤坝上，王斌和村长看着不断上涨的洪水，愁眉不展。

水势已超过了警戒水位，雨丝毫没有一点停的迹象。这堤一旦破了，下游十几万人口和村庄都会被淹，后果不堪设想。

汛期来临，在全县防洪防汛动员会上，王斌在局长面前立下军令状：堤在人在，堤亡人亡。

自从调到这个水利部门下属的水库管理所当所长以来，工作还算不错，清闲优雅，远离城市的纷扰。家庭甜蜜幸福，和小玉躲在这一方清静里，春观百花冬赏雪，夏吹凉风秋观叶，做一对自由自在的眷侣，让人只羡鸳鸯不羡仙。

小玉在乡镇中学当老师，县城的家，他们平时很少回去。小两口都陶醉在青山秀水中，乐不思蜀。

现在，生养他的这一方土地正遭受着洪水的无情侵略，他的小家和大家正在经受洪灾的考验，他怎能不着急。

入汛以来，王斌领着村长，同事和村里的男劳力，日夜驻守，已有好几天没下过堤。

"王所，快来，这里有几处渗水。"正在坝下寻查的同事小查慌忙叫道。众人赶紧扛起沙袋去堵，现场一片忙乱。

不一会儿，渗水处已扩大到一个缺口，投入的沙袋瞬间就被冲走了。

堤坝危在旦夕。

"先推重石块堵，再丢沙袋，速度要快。"王斌沉着指挥。他一眼瞅见停在路边自己的重型摩托车。那是小玉的陪嫁，他们进出县乡的唯一交通工具。

"把这车也丢进去。"

153

"所长，这可是你坐骑呀。"小查忍不住说。

"管不了那么多了，这缺口，需要有重量的东西填充，快点！"

经过两个多小时的努力，缺口终于堵住了。大家满身泥水，都累得快散了架。

王斌抹了抹满脸的汗水，问村长："有烟没？"

村长摸出两根烟点上，递了一根给王斌。他知道所长平时烟酒不沾，这会是想借着烟缓和下紧张的情绪，刚才确实太危险了。

王斌吸了两口，呛得激烈地咳嗽。他把烟丢在地上，抬脚踩了两脚，恨恨地左右转了两圈。

村长看着他笑，说："你今晚回去陪下小玉吧，你几天几夜没下堤了，一个快要生孩子的女人，整天为你担惊受怕，你回家去看看她，让她放心。"

想起小玉，王斌俊朗的脸上顿时温和起来，嘴角不觉弯成了月牙。

那个傻姑娘，平时离了他都睡不着觉的，这几天不知怎么熬过来的。王斌真想回去看看呀，又放心不下坝上。

"你放心，我们在这守着。缺口已堵上了，应该不会有什么问题的。不过通往县城唯一的路已被淹了，没个几天退不了，你怎么回去？"村长善解人意地问。

"我上坝前，把她送到我爸妈那了。"想到娇妻，王斌归心似箭。

"那这里就拜托你们了，我晚上回去陪陪她。"

王斌到家的时候，晚饭已上桌。小玉看到疲惫不堪一身泥水的老公。又是惊喜，又是心疼。

"斌哥，你都成泥猴了！快去洗洗。"小玉眼里明明蓄着泪水，脸上却满是笑意。

晚饭她破天荒吃两碗。这段时间，她为老公担惊受怕，食不知味。看到斌哥安全回来，她才感觉到肚子真饿了。郁闷一扫而空，明媚的笑容挂在脸上。

"慢点吃，傻丫头。"王斌怜爱地看着她，伸手抚了抚她的长发。

"坝上情况如何？"王爸边吃边问儿子。

"没什么大险情，我明天再去看看。"王斌不想老爸太担心，轻描淡写地答道。

"你说你当初要听我的话，留在部队上，何至于天天守着个小水库坝……"

王妈在桌子底下轻轻踢了踢王爸，老人看了一眼小玉，连忙止住了唠叨。

"爸，你又来了，我现在不是挺好的吗。工作轻松，还能常回来陪你们……小玉，吃好了吗，咱们上楼去……"王斌拉着小玉就走。

小玉从小就是个苦命的孩子。妈妈生她的时候难产而死。爸爸听信了算命先生的胡言乱语，说小玉命硬，克死了妈妈。所以打小就对她不上心，甚至有些憎恨。

小玉三岁那年，爸爸丢下了年迈的奶奶和幼小的女儿，带着相好的女人，一起出外打工去了。

从此音讯全无，多年没回过家。

从小，小玉和奶奶相依为命。好在爸爸还算有点良心，每年都会给她们寄点生活费，祖孙俩才不至于挨饿。牙缝里省省，还能供小玉读书。

小玉从小聪明懂事，她发誓要改变自己的命运，让奶奶过上好日子。为此，她拼命学习，成绩一直名列前茅。

王斌一踏入高中的大门，就被娇小漂亮的小玉吸引了，她那黑葡萄一样略带忧郁的眼睛，只看了一眼，便深陷其中，无法自拔。

小玉在班里沉默寡言，一心扑在学习上。她出身贫寒，自卑又自尊，像一朵尘埃中开出的花，好成绩是她唯一可以拿得出手的骄傲。

王斌默默地关注着她的一切。不敢离她太近，怕打扰了她的学习。

却一直在用自己的方式爱护着她。

小玉住校，从不在校食堂打菜，只吃自己从家带来的咸菜萝卜干。王斌从家里带来妈妈炒的新鲜菜，用玻璃瓶子装好，偷偷塞在小玉课桌底下。

除了菜，他还在小玉的课桌下塞过护手霜，手套，围巾，甚至有次还塞了两双袜子。因为一次无意中，他看到小玉的袜子有个破洞。

一有时间，他都瞒着小玉，以同学身份来帮奶奶干活。奶奶眼睛不太好使，但每次他来，都能老远认出。小玉问起时，却说不出个所以然来。

三载同窗，倏忽而过。王斌成绩始终在中下游徘徊，眼看考大学无望，王爸托关系让他去当兵。

王斌从小就向往军营生活，终于要实现自己的梦想了，他的内心欢呼雀跃。可是一想到要离开小玉，心莫名难受得厉害。

不行，一定要向她表明心迹，不然会后悔一辈子。王斌在心里给自己打气。

上课时，小玉在桌底下发现一封信，信上只有一句话：

愿得一人心，白首不分离。落款是：王斌。

小玉拿着信纸的手微微颤抖着，明亮的眼睛蒙上了一层雾气。这一刻她盼了好久，终于等到他表白了。

其实，聪明如她，早就知道课桌底下的秘密。那一次周日，她故意骗奶奶要去学校复习，躲在屋后看见王斌有说有笑地帮奶奶干活……

他的温暖，早就融化了她心里的坚冰。

一个是帅气温情的翩翩少年郎，一个是温婉秀气的美少女。金风玉露一相逢，便胜人间无数。

那片桃花树下，王斌靠在单车上，等着心爱的姑娘。

远远地，她来了。一身白裙，衬着绯红的脸，美的不像话。

156

他们站在树下，她刚刚齐他耳朵，抬起头来，一片娇羞。他拉起她的手：等我，好吗？

她双目含情，不说话，轻轻点头。

不久，小玉以优异成绩考取了省师范大学，跳出农门，成为一名大学生。王斌在军营也不甘示弱，挥洒汗水，一举考取了军校。

一双小情侣，两地相思，鸿书往来，为了他们的美好将来，互相激励着，互相努力着。

毕业后，小玉因为要照顾奶奶，就申请回家乡镇中学教书。

几年军营生活后，王斌却面临着人生的重大选择。鉴于他在部队的表现，继续留在部队前途一片光明，提干更是不在话下。可是小玉怎么办，奶奶又怎么办。小玉是不可能丢下奶奶不管的呀。

思虑再三，他瞒着父母偷偷向部队写了退伍申请。领导找他反复谈话，让他不要沉迷于儿女情长，要以大局和自己的前途为重。

父亲千里迢迢赶到部队，苦苦哀求他。王斌不为所动。为了小玉，他什么也顾不了啦。

小玉知晓这一切的时候，王斌已卷着铺盖回到了家乡。她捶打着王斌的胸膛哭道："我不能毁了你的前途呀！"

他一把揽过小玉，紧紧地抱着："我的前途就是永远和你在一起。"

通过大伯帮忙，他退伍后进了水利部门工作。王斌为人热情勤恳，工作勤奋，吃苦耐劳，很快就得到领导器重。后来又申请调到下属的水库管理所工作，只因距离小玉家近些。

那个百花盛开，桃红柳绿的季节，小玉成了他的幸福新娘。有情人儿天不负，他们把日子过成了诗。

奶奶走的时候一脸安详，脸上带着笑意。她老人家最牵挂的宝贝孙女，何其有幸，能遇上王斌这样情深意重的男子，她终于可以放心的含笑九泉了。

一定是老天爷嫉妒人间太过美好，故意降下这样一场暴雨洪灾，有多少人要为此付出惨痛代价。

小玉依偎在王斌的肩头，抚摸着他英俊消瘦的脸，轻声道："斌哥，要不是为了我，你现在已经是营长或团长了吧，至少也不会吃这样的苦，是我连累你了。"

"傻丫头，你又来了。快当妈的人了，还这样多愁善感。"王斌在抱着她的手上又加了点力道，"我这一生，只想和你执子之手，与子偕老。"

小玉幸福地闭上眼睛，有夫如此，此生何求。

"你喜欢男孩，还是女孩。"

"女孩呀，像你一样漂亮。名字我都想好了，就叫婉瑜，宛如美玉。"

"好，你等下。"小玉突然挣脱了他的怀抱，三步并两步跑到画架前。给未完的画作又添上了几笔。

如玉的青山苍翠下，一汪蓝幽幽的湖水。农舍，小船，石子，远山。草长莺飞里，男人女人牵着小玉刚添上去的女孩。一幅山高水远，一幅幸福流盼，这不正是他们一家。

这幅画名叫《幸福》。

"斌斌，快回来，小玉要生了。"正在坝上巡查的王斌，接到爸爸电话时，顿时惊呆了，手一哆嗦，电话掉在地上。反应过来，他疯了一样往家跑去。

村长赶紧给留守的村民交代了一下，带上小查，开着那辆皮卡，追了过去。

小院里，已来了不少帮忙的人。接生婆和村卫生所的医生已赶到了。镇医院已被水淹，医生也正在赶来的路上。

阵阵惨叫声传来，王斌心如刀割一般难受。他快步走向二楼，门口被接生婆拦住："女人生孩子，你不要进去。"王斌哪里能忍，一掀门帘冲进房间。

小玉惨白着一张脸，疼痛使她的五官都变了形。王斌上前紧紧地抱着她的头，紧紧地握住她的手，一刻也不敢松开。仿佛只要一松手，小玉就会飞走。如果这世上有后悔药，他才不愿意让小玉生什么孩子。

"不好，孩子太大，没办法自然生出来。"接生婆惊慌失措道。房间的人都吓傻了，王斌扑通一下跪在医生面前，央求道："快，救救她……"

医生检查后爱莫能助地摇摇头，这种难产，手术是唯一的办法。可是，镇医院被淹了，通往县医院的路也被淹了，能怎么办？

时间一分一秒地过去。小玉声嘶力竭地喊叫着，湿漉漉的头发胡乱贴在额头上，眉毛拧成一团，眼睛几乎要从眼眶里凸出来，嗓音早已沙哑，手上青筋暴起，指甲嵌入王斌的肉里。

"斌哥，……原谅我，……不…能…和…你…一起白头了，……你要好好的……"小玉断断续续地说着。

"都走开！"王斌大喊一声，抱起小玉飞奔上车，哭喊着求村长："快把车开来，快送小玉去医院。"

车子冒着雨飞快地奔驰在路上。王斌抱着小玉，心急如焚，嘶哑着嗓音一个劲催：快点，快点。

县城的路，被一片白茫茫的洪水挡住了。车子不得不停下来。王斌感到从未有过的绝望。此时，真是叫天天不应，叫地地不灵啊。

老天爷，为何要如此折磨他的小玉。

"所长，已经电话通知县里了，领导说以最快的速度调冲锋舟来接。"

可是，小玉在他怀里，虚弱的连叫的力气也没有了。她太痛了，也太累了，不要吵，不要吵，她只想静静地睡一觉。

"小玉，坚持住，你不要睡，求你不要睡……你睁开眼睛看看我。"王斌哭喊着拍打她的脸颊。

是斌哥在叫她。小玉努力睁开眼睛，冲斌哥凄然一笑，"斌哥，我要睡了……再……亲亲我……"

王斌俯下身子，吻住了那惨白的唇。慢慢地，慢慢地，那温热变成一片冰冷。

冲锋舟到来的时候。王斌抱着身体早已冰冷地小玉，不言不语，雕塑一样坐在那里一动不动。

所有人哭成一片。

仿佛过了一个世纪那么久。村长止住悲声："王所，你要节哀啊！"

"送我们回家！"王斌沉声道。

车缓缓停下，院子里早已一片哀恸。王斌抱起小玉，缓步上楼，轻轻地把她放在床上，他的动作轻柔细致，好像怕弄醒了她一样。

王妈悲伤的不能自持。她抱住儿子放声大哭："孩子，你要想开点啊。"

"我想陪她最后一晚！"

这个凄惨的晚上，他在房内守着小玉，亲人们在房外守着他们俩。

画架前，他不知站了多久，也记不清小玉离开了多久。盯着那幅画，脑袋里一片空白。原来，痛到深处是麻木，是没有感觉。

一转头，空气里全是小玉。她单纯的样子，生气的样子，撒娇的样子，她看着他笑，露出洁白的牙齿，她说：斌哥，你真坏……她说：斌哥，你真好……

那些刻骨铭心的日常，平凡普通的一日三餐，还有那些过往，像一只体形巨大的兽，露出狰狞的利齿，狠狠撕咬着他。每个白天，每个黑夜，让他不能挣扎，也不能呼吸，只是痛不可抑。

思念，像一把小小的匕首，朝着他的心，一刀刀地割去。

两个月后，单位鉴于他抗洪有功，也考虑让他换个环境，把他调回局里任科长。

临走前,他给爸爸劈好了柴,帮妈妈挑了满缸的水。

院墙外,他挥手道别:"爸妈,我走了。"

……

两天后,人们在小玉的坟前发现了早已冰凉的他,他穿着新衣,嘴角带笑,怀里紧紧地抱着那幅画。

桂花酿

"妈,你为什么每年都酿这么多桂花酒!"

十岁的阿刁帮妈妈挑拣着桂花,好奇地问道。

"因为,你爸喜欢喝呀!"

妈妈苍白的脸上泛起了一丝红晕,双眼望着那一片郁郁葱葱的桂花林,满是知足地应声道。

爸爸嗜酒,但他嘴刁,只喝妈妈酿的桂花酒。

阿刁出生那年,爸买来二百株桂花树栽到菜园,才有了这片桂花园。他说,种桂花满园,也是为他们的日子种下了富贵满园。

爸爸是村里吃公粮的文化人,在镇上小学教书。还给他取了个洋气的名字——陈酿。

但这小子跟老子一个样,嘴刁。老子只喝娘酿的酒,小子只喜欢吃娘做的饭。这父子俩出门做客,一个要往壶里灌酒,一个要往盒里带饭。

妈妈看着他们满脸幸福,这爷俩,难不成离了我就活不成了。

天长日久,嘴刁的陈酿就习惯性地被叫成了阿刁。

在他的记忆中，每年丹桂飘香时，妈妈都会带着他来摘桂花。她对酿酒的桂花极其讲究，那要雨后初晴，桂花被雨水冲洗得干净了才能采。采好的桂花不能过水，在通风处晾一个晚上就得装坛，确保桂花的新鲜。

妈妈酿的桂花酒，十里飘香，据说那手艺还是姥姥家的独门秘方。姥姥去世得早，她家穷业少，没给妈妈留下半个铜板，却把这桂花酿的秘方传给了她。

每到桂花酒酿好封坛时，那个酒香融合桂花的香，会飘得很远很远。阿刁和爸爸在院子里快活地忙碌着。他们把去年的酒取出窖，摆进柜子，把刚酿好的放进去封存。

"这些留给你明年喝，那些不能动，多存些年，留着给咱阿刁娶媳妇。"

妈妈在一排排酒坛中，活像个指挥千军万马的将军，指挥着父子俩忙东忙西，那神态是阿刁少见的灿烂与明媚。

妈很好客，每次家里来人，都要拿出桂花酒来招待。也有人慕名来求购，但她从来都不卖。阿刁很好奇，他们家的日子并不宽裕，甚至有些寒酸，妈妈身体不太好，只靠爸爸的工资过日子。她有了这么好的手艺，为啥不卖酒补贴点家用呢。

年少的阿刁并不明白，爸爸妈妈年青时候，还有一场刻骨铭心的爱情故事。

想当年，爸和妈是初中同学。妈妈一直暗暗喜欢着爸爸。后来，妈妈因为姥姥去世，家里穷，再也供不起她上学了，她在初三时辍学回家。爸成绩好，初中毕业考入了师范学校。

妈妈把对爸爸的喜欢都酿在了桂花酒里。每年桂花飘香时，她都要酿上几坛。她知道，自己喜欢的那个男孩已离她很远了，但她就是断不了自己的念想。少女的情思像那壶醉人的桂花酿，醇厚绵长。

几年以后，爸在学校已谈了女朋友，还是城里人，女方是家里的独生女，正找关系让他毕业后留在省城。

妈妈也到了谈婚论嫁的年龄，任凭媒婆踏破了门槛，她都不松口。外公和长辈们轮翻劝说，她被逼不过，只说了一句：

"我要去趟省城，还了那个心愿，回来后随便嫁谁。"

妈妈抱着那坛桂花酒，一路颠簸到省城，找到爸爸说："我喜欢你一场，也别无所求，我知道自己配不上你。这桂花酒是专门为你而酿，已封存了好几年，今天我亲手送给你，祝你幸福！"

她说完转身就走。回村后不久，就和村长的儿子定了亲。

一坛桂花酒喝完，爸再也忘不了那醇香，这哪里是酒，分明就是爱的琼浆玉液呀。

其实，当年爸也早就对妈上了心，只是苦于后来两人分隔两地，音讯杳无，才没了那心思。只是他没想到，那个女孩一直在深情地等着他。

后来，爸背了一身的债，赔了村长家双倍彩礼钱，才让妈妈退了婚。他们成亲时，妈执意不办婚礼，两个人坐在桂花树下，开了一坛桂花酿，喝了一个交杯酒。

爸说："我许不了你荣华富贵，但我一定会给你种一片桂花园。"

妈答："我会给你酿一辈子的桂花酒。"

这么多年过去，阿刁从未见他俩红过脸。他们恩恩爱爱，相敬如宾。后来，妈妈患病了，她身体不好，经常咳嗽。爸爸经常为了她的病愁眉不展，遍访各地名医，想方设法给她治。

妈妈经常坐在院子里发呆。阿刁无数次看到她偷偷抹眼泪。他问过爸爸，妈妈患的是啥病，爸就凶他：一个小孩别管那么多，认真上学读书就好。

阿刁确实是个爱读书的好孩子，他的成绩一直在年级名列前茅。课余，他喜欢读文学作品。他读到《红楼梦》里的林黛玉经常抚着胸口咳，他想到妈妈也经常抚着胸口咳嗽。他突然就害怕起来，他担心妈也像林妹妹一样咳血而死。他不再调皮了，变得乖巧懂得，他多么希望妈妈能一直陪伴着他。

妈妈经常在晚饭后带着阿刁到桂园散步。她只要到了桂园，就会变得很开心，满脸都是笑容，她轻轻地抚摸着每一棵树干，动作轻柔，仿佛在触摸一件珍贵的奇宝。

"阿刁，以后想妈了，就来这桂园看看。"

"妈，你不是好好的在这吗。"

"傻孩子，人总是要离开这个世界的，就像姥姥离开妈妈一样，妈总有一天也会离开你的。"

"妈，我不要你离开。"阿刁紧紧地拽住她的胳膊，仿佛一松手，她真的就飞走了。

妈妈轻叹了一口气，眼神随即黯淡下来，那眼里分明是忍了又忍的晶莹。

命运有时就像一个张着血盆大口的魔鬼，翻手为云，覆手为雨。不管爹与阿刁如何不舍，如何挽留，这个魔鬼还是把妈妈带走了。

她死时和林妹妹一样，咳血而亡。

这一年，阿刁刚上初二。

妈妈走了，仿佛把爸爸的魂也带走了。他经常神情落寞地坐在院子里，半天不说一句话，或者呆呆地看着桂园发呆。

妈妈生前把父子俩照顾得太周到，爸根本就不会操持家务，十三岁的少年阿刁就每天早上给自己做饭吃，把隔夜的饭用油炒了炒，就着萝卜干咸菜打发自己。有一次匆忙中，还用错了油，害得他拉了几天的肚子。

没妈的孩子像根草啊。这种时候，阿刁就好想念妈妈。妈用无私的爱惯坏了他的嘴，她如果在怎么舍得他吃这么粗糙的饭菜。他多想再听一次她的唠叨，再吃一次她做的饭，到了丹桂飘香的季节，再帮着她酿那香甜的桂花酒。

爸只顾埋头在自己的悲伤里,他忽略了儿子的感受,这个阳光的孩子逐渐变得沉默寡言,成绩也一落千丈。

两年后,爸带了一个女人回家,爹让他叫那个女人兰姨,女人还带了一个小姑娘,爸让他叫妹妹。阿刁看都没看一眼,就头也不回地走出了家门。

他来到桂园,坐在树下,望着满树金黄色的小花朵,忍不住哭出声来。他知道,从此以后,他就真的是个孤儿了,妈走了,爸给别人当爹了,天大地大,哪里又是他的家。

上高中后,阿刁选择了住校,不是迫不得已,他不会回那个已不属于他的家。爸爸倒是渐渐明朗起来,脸上逐渐有了笑容。但父子之间,已横隔了一个银河系,阿刁把自己封闭起来,他变得敏感,多疑,易暴,易怒。像一只小小刺猬,用满身的刺来保护那颗伤痕累累的心。

十年寒窗苦读,最终的结果却是名落孙山。阿刁已无意再读,他背上行囊,开始了孤独的流浪生涯。

临走时,他只给爸爸留了一个字条:不要找我!

他走时除了自己的行李,还带走了娘给他留下的一坛桂花酿。

这一走,就是七年。

七年来,为了生存,他在工地当小工,在酒店端盘子,在街边摆过地摊。他睡过桥洞,睡过火车站,睡过公园长椅。倔强的阿刁不管吃多少苦,受多少累,他从没想过要回家,更没给家里打过一个电话。

孤独寂寞的时候,香烟与酒是他最好的朋友。他从小就与酒有深厚的渊源,长大后也渐渐爱上了这种冰凉的液体,和着他的失意彷徨一起饮下,让他的冰冷的心也会有些微的热活。

从老家带来的那坛桂花酿,他一直没舍得喝。那不是一坛普通的酒,那就是娘的气息与陪伴。每次回家看到那坛酒,阿刁又有了与生活为伍并为之奋斗的勇气，并能在充满泥泞的路上不偏不倚。

在一个美丽的海滨城市，阿刁终于安顿下来。他白天在工厂上班，晚上又重新拾起了书本，他报了本科自考，已通过了四门。

业余时间，充满文学细胞的他开始了写作之旅。他写经历过的人与事，自己的感怀与悲伤，他清新又深刻的文风在网上深受好评。

从那栋无数次路过却始终不敢迈进的高端写字楼出来后，阿刁还是恍恍惚惚的。

刚才，十八楼的出版社编辑约谈了给他出书事宜。这一切，来得太突然了，他掐了掐自己，有点疼，看来是真的了，阿刁终于可以活得扬眉吐气了。

他想找个人分享他的快乐，拿起电话，却不知道拨给谁。他突然心里空空地难受。算了，还是自己和自己庆祝吧。他从小卖部买了几罐啤酒，来到附近的滨海广场。

晚风吹起他的头发，大海被落日的余晖洒上了一层金色，三三两两赶海的人们在欢快的玩耍。阿刁坐在广场围栏上，喝了一口啤酒，他望着笼罩在夕阳之下的远山，心情落寞忧伤。

不知为何，每次他开心与不开心的时候，都喜欢坐在这里，望着那边的远山发呆。

空气中飘来似有似无的清香，原来，又是丹桂飘香的季节了。他闭上眼睛，体会这熟悉的香味带给他的舒爽。

"阿刁，走，帮妈采桂花去！"

耳边突然响起妈妈的声音，阿刁睁开眼，才发觉早已泪流满面，哪里有妈妈的身影，那声音不过是自己的幻觉。

伸手抹去脸上的泪水，他蓦然惊觉，远山的方向正是故乡的方向。此时，他仿佛看见故乡在向他召唤。七年了，他该回去看看那魂牵梦绕的桂园了。

阿刁站在繁茂的桂园前，这是他心中最圣洁的地方啊。本来想着这么多年应该无人打理，杂草丛生了，没想到它却越发地葱郁，阵阵沁人心脾的桂花香味传来，亲切熟悉。

此刻，他一直空空的心被突然填满了。

桂园深处，一个女人正在小心地摘着桂花，格子外套，齐耳短发，匀称的身材，透着一种亲切温婉。

阿刁惊呆了，难道又做梦了，这背影和妈妈一模一样啊，他一下都不敢动，只想把这个梦做得久一点，再久一点。

女人转过身，发现阿刁呆在那里，她惊喜道："阿刁，真是你回来了吗？你爸说，你一定会回来的，你真回来了！"

女人语无伦次地叨叨着，她上前拉着阿刁的手，仔细端详着。

"你妈把酿酒秘方留给了我，你走的这些年，我和你爸年年酿桂花酒封存着，就等你回来喝，你娶媳妇的酒都备好了。你看，那一片山上也种了桂花树，你爸说，开花的时候，你就会回来。"

阿刁自始至终都没说一句话，但他的心万千起伏，好像有一团火，热烈地燃烧着，周身都变得暖暖的。

原来，他从来都不是一个人，他有家，家里也有永远的牵挂。

他俯身提起装满桂花的篮子，挽着女人的手说："兰姨，我来帮你！"

爱无期

　　黎安匆匆走进院子，他一脸的凝重，看着子晴那张娇俏的脸，实在不忍心说出这么残酷事来再伤她的心。可是，这事如果不告诉她，日后她若知道了，肯定会对他不依不饶。

　　"子晴，跟你说件事。"黎安犹豫着开口。

　　子晴看着他笑："有事快说嘛，吞吞吐吐的样子，不像你的风格。"

　　"子杰死了，死于鼻癌。"黎安艰难开口。

　　子晴正在修剪玫瑰花，听到这句话，她身子一怔，手保持剪枝的姿势停在玫瑰枝上。花刺趁机缠上了那葱一样白嫩的指头，一阵痛感袭来，她皱了皱眉，把手放在嘴里吮吸了一下。

　　她有一丝恍惚，分不清那痛，是来自手上，还是心里。

　　黎安连忙上前，急切地拉着她的手问："你没事吧？"

　　子晴看着黎安，笑得花枝乱颤："我会有什么事呢，你本不该告诉我的，他的生死，早与我无关了。"

　　她说着丢下剪刀，朝屋内走去。她脸色看起来很平静，背挺得直

169

直的。

"你回去吧，我累了，想休息一下。"子晴背对着他说，始终没有回过头来看黎安一眼。

黎安知道子晴的脾气，他眼里充满了疼惜。这个美丽的女子，明明瘦弱得让人心疼，却始终坚强倔强得像个骄傲的公主，从不把脆弱的一面示人，悲伤和泪水只留给自己吞咽。

他没有听她的话回去，一屁股坐在台阶上。只是希望她需要自己的时候，他永远都在。几年以来，他一直在子晴身边默默守护，从未打扰。

子晴走进客厅，正前方香案前的墙上，悬挂着父母的遗照。照片上的双亲正慈祥地看着这个让他们操心了一辈子的宝贝女儿。子晴和父母的眼神对视交流着，她开始脸上还带着笑意，慢慢的，眼泪充满了她的双眼。

她点燃一炷香，朝遗像拜了三拜。忍不住哭出声来："爸妈，子杰下去陪你们了，他给你们请罪去了。"

子杰和子晴两家是世交，他们的父亲，一个是机关的领导，一个是远洋轮的到船长。他们的妈妈，是结拜的好姐妹。所以两家的小孩名字都取得像兄妹。他们从小家境优越，衔着金钥匙出生，青梅竹马，一起长大。

十八岁的子晴出落的像一株清丽脱俗的海棠花，身材高挑，娇俏可人，是方圆十里出了名的美女。她上学放学的路上，总有一些狂蜂乱蝶出没，只为一睹她的芳容。

高大帅气的子杰是她的保护神，上学接，放学送，让她免受骚扰。为此子杰还特意学了几年跆拳道。

他们的相爱相恋，是前世注定，仿佛公主与王子的童话。我看你时满月皎洁，你看我时如花似玉，择一人相爱，择一城相老。

大学毕业后，他俩双双回到从小长大的城市。子晴进了轻松舒适的机关。子杰想要自己创事业，两家凑了几十万给他开了一家贸易公司。子杰聪明上进，很快生意进入正轨，公司被他打理得井井有条。

不久，这对金童玉女走入了婚姻的殿堂，得到了所有人的祝福。

子晴爸爸牵着女儿的手，郑重地交到子杰手里说："从小，子晴是我的公主，也是我的命根子，你以后要敢伤害她，就等于要了我的命。"

门当户对，金玉良缘，相亲相爱，还有比这更完美的爱情吗。子晴沉浸在无比的幸福当中。却也隐隐地有一丝忧虑，她觉得自己一切太顺当了，完美的有些不可思议。

婚后第二年，子晴顺利地怀上了宝宝。子杰家三代单传，公婆喜上眉梢，把子晴当熊猫一样保护起来。

命运有时就像一只无情的黑手，它看不惯别人永远的好，冷不丁什么时候就会跑出来狠狠地抽你一下。

子晴怀孕四五个月时，一次上班突然晕倒在单位。同事七手八脚地把她送到医院，医生一检查，胎儿已经在她肚子里停止生长十多天了，已开始发炎粘连，得赶紧手术取出，否则性命不保。

子杰疯了一样冲到医院，看到子晴虚弱地躺在病床上，心疼得无法形容。子晴哇的一声大哭起来："杰，咱们的宝宝没了。"

子杰抹去她的泪安慰道："傻瓜，养好身体要紧，孩子以后有的是机会。"又凑近耳朵小声逗她，"老公以后多多努力就是了。"

子晴在老公的怀里破涕为笑，伤心疼痛也减轻了许多。这次手术，造成盆腔粘连，医生说，一边输卵管已堵塞，自然怀孕难度加大，需要吃中药调理。小两口也没在意，反正他们还这么年轻，还有大把的好时光慢慢造人。

时隔两年，子晴再度有喜。这次她可不敢马虎，向单位请了假，安心躺在床上养胎。头三个月，吃住基本上都在床上解决。子杰每天下班早早回来陪她，给她讲笑话，逗她开心。

时间在家人的关爱与老公的体贴中很快溜走。但仿佛被下了一道魔咒，四个多月的时候，她又下身见红，当初的噩梦重现：胎儿停止发育。一家人真是欲哭无泪，子晴更是万箭穿心。隔壁病床上躺着不想要孩子的堕胎妇女，她不明白，别人怀个孩子像去地里摘个菜一样容易，到了自己，为什么就这么难，她热烈盼望的宝宝就是不肯来。

这次术就没有那么幸运了，子晴本就娇弱，引产后身体更虚了，苍白的脸色，瘦弱的身体，上个楼就娇喘吁吁，轻盈像一片风中的树叶。

子杰看在眼里，疼在心里。子晴出院痊愈后，特意报了一个欧洲八国旅行团，带着她出去散心。

如花美眷，终抵不过逝水流年。转眼八年过去。子晴自然怀孕二次，试管也做了二次，均以失败告终，那个难缠的孩子却始终不肯来眷顾他们。

子杰毫不在乎，他说既然命中无子，只要有至爱的人相陪到老，也无所谓，他要带着子晴，全世界走一走，瞧一瞧。

可是子晴承受的压力太大了。公婆始终待她如女儿一样，这么多年从未在她面前说过半句不是。但看着他们无声的叹息，看到他们看到小区的孩子绕道走，看到他们受粗俗女人的闲气，看到他们日渐苍老满头白发，子晴觉得自己就是一个罪人，是她剥夺了他们含饴弄孙安度晚年的快乐。

她哭着说："子杰，我们离婚吧，我不能让你家断了后，我就是个不下蛋的母鸡呀。"

子杰说："离了你，我会没了命的。"

原来，从前的美好都是骗人的假象，是风平浪静后的暗礁汹涌，快乐总是那么短，痛苦总是那么长。

在一次妇科检查中，她又查出患了恶性子宫肌瘤。虽然是早期，手术也迫在眉睫。

可是子晴怎么都不肯去做手术。不管父母亲人怎么劝，她都不予理睬。

子杰求也求了，吼也吼了，哄也哄了，软的，硬的都用过，还是没办法说动子晴。她说："要我去手术，除非你答应先离婚，否则我情愿死去。"

子杰抱着她大哭："你这是拿刀子捅我的心啊。"

子杰为了她的性命，勉强答应了离婚，他打算等她身体好了，再把她追回来。

三十三岁这年，子晴失去了一个女人最宝贵的东西：婚姻，孩子，还有子宫。也失去了做妈妈的最后一丝机会。

子晴在命运的无情摆弄下，早就失去了反抗的能力。手术后，为了让她早日走出来，父母带她去了弟弟工作的城市生活，父亲在城郊买了一个别墅，一家人陪着她慢慢疗伤。

现在的她，只求能好好陪陪父母亲人，能安安稳稳地度过余生。她没有向子杰告别，她匆匆逃离有他的城市，是为了忘却那一份最无奈的爱。

童话已经结束，遗忘就是幸福。

可是噩梦并没有结束，还像无赖一样再次缠上了她。在长期为女儿操心劳累中，最疼她的父亲病倒了。医院的检查结果出来，彻底让子晴傻了眼。肺癌晚期，这四个字，如刺一样扎进她眼里。

不，怎么可能。从小把她当命根子一样宠爱的父亲，那么健壮，那么慈祥。无论在外受了什么委屈，在父亲的怀抱里，都能得到释怀。老天爷，你不能太残忍，她真的什么都没有了，只有父亲的怀抱是她唯一拥有的东西，也是她赖以活下去的理由。现在，连这一点点的希望也要被剥夺了吗。

她跑到医院顶楼，忍不住嚎啕大哭。黎安一直陪着她，轻抚她的背安慰道:"子晴,别怕,有我在!"

黎安是父亲原来的下属,转业后也在这个城市工作生活。他在探望老领导时碰见子晴,从此便丢了心。

他知道子晴受伤深重,就算离了婚,心里也全是子杰。他也不知道自己怎么了,从看到她第一眼开始,就觉得自己一定要呵护她,陪伴她,让她快乐起来。

"为什么,为什么命运要对我如此残忍?"子晴梨花带雨的脸上,充满着不甘心。老天折磨她一个人就够了,为什么还要来残害她的父亲。

父亲是一个睿智坚强的男人。他自己的病,早已了然于心。他不想住在医院里,做无谓的垂死挣扎,最后浑身插满管子体无完肤狼狈死亡。

最后的日子,他只想在亲人的陪伴下体面的离开。遵照父亲的意愿,子晴把他接回了家。她辞了工作,寸步不离陪着父亲,陪他散步,陪他聊天,给他读书读报,哄他吃药。黎安下了班就会过来帮忙,陪着老人下棋聊天,看两人为落哪个子争得面红耳赤,子晴觉得父亲的病一定是个误诊。

在一个安静的初秋午后,鸟儿在树枝上叽叽喳喳地唱歌,墙角的菖蒲草更加繁茂了。父亲坐在摇椅上,微闭着双眼,嘴角带着微笑,女儿坐在他脚边,给他读莎士比亚的《皆大欢喜》,她读到:

命运也有它的好处,就像丑陋而有毒的蟾蜍,他的头上却顶着一颗珍贵的宝石……

父亲安静地睡着了。他没有给自己留下只言片语。无言,是爱的另一种表达,子晴读得懂。

一年后,相依为命的母亲也在终日对父亲的思念中忧郁成疾,撇下儿女,撒手而去。

子晴没有过度悲伤,她知道,父母一辈子恩爱情深,母亲怎能放心父亲一人在地下孤独受苦。

宽敞精致的客厅里，子晴和衣躺在沙发上，她脑子一片空白，心里像堵着一块石头压得她难以呼吸。她不明白，命运为什么要专门欺负弱小，她最爱的人一个个离去，只剩她独自在人间煎熬。

子杰，她最爱的子杰，也像空气一样消失了，这是真的吗？这么多年，她压抑着自己，不敢去打听他的一切，她狠心掐断与他的所有联系，只是因为她太在乎了，她怕自己控制不住对他的思念。

不，他一定会给她留下些什么。子晴脑子灵光一闪，突然坐起来，打开电脑。对，邮箱，像得到点化一样，她迅速点开邮箱，那里静静躺着子杰生前发给她的一百多封邮件。

"子晴，你去了哪里，为什么那么狠，为什么消失得那么彻底，换了号码卖了房……你到底去了哪里，让我知道你的消息好吗……"

"子晴，太想你了，天天看着你的照片，无法入眠。习惯难受，习惯思念，习惯等你，可是却一直没有习惯看不到你……"

"子晴，你出来，不要再躲我了，我只想知道你好不好……"

"子晴，你知道思念一个人是什么滋味吗，我来告诉你，就像是喝了一杯冰冷的水，然后一滴一滴，全部化成热泪……"

………

"子晴，他们给我介绍了一个女的，我看都没看一眼就答应了，不就是要找个女人生个孩子吗，如果注定不能是你，是谁，又有什么关系……"

……

"子晴，终如你所愿，我们家有后了，父母抱着大胖孙子，脸上笑开了花，可是我怎么觉得这一切与我无关呢，我做爸爸了，我明明应该高兴的，可是我心里却一点高兴不起来，只有悲凉与悲哀……"

"其实，只要我努力找，一定可以找到你的，可是我还有什么资格呢，找到了又如何呢，终究是我负了你呀，你一定要好好的，知道吗……"

最后一封，时间截止到一年前，只有一句话：

"怕真的只有来世才能和你相见了……子晴，保重啊……"

子晴坐在地板上，整个人都傻掉了，她脑子一片空白，只机械地来回滑动鼠标，一封封读着，一遍遍读着。她不想停下，她要找点事做，她怕一停下来自己会疯掉。她感觉自己正躺在万劫不复的街头，微笑渗透，覆水难收。

不知过了多久，子晴抬起头，看到了茶几上闪着寒凉的水果刀，不知道，爱和死哪个更冷？恍惚中，她看见子杰穿着花格子衬衫，骑着单车在门口叫她："子晴，快点，要迟到了！"一个明媚的少女跑出来："我来了！"

我一生中最幸运的一件事就是，在最初的地方遇上你，子晴微笑着闭上眼睛。

子晴醒来时，黎安就坐旁边，紧紧地把她的手握在掌中，他已经用这样的姿势握了一天一夜了。幸好子晴力气小，扎得不够深，幸好他及时赶到，送到医院抢救。他不敢想像失去子晴，会是什么样子，曾经的他是个单身主义者呀，原来，只有没有等到他要等的人。

子晴看着黎安疲倦帅气的面庞，他充满血丝的眼睛，莫名心疼起来。这么多年，他无怨无悔地守在自己身边，需要的时候，他永远都在，陪着她哭，她笑，容忍她的任性与冷漠。得知她不能生育，他竟然吵着要去做绝育手术。这样痴情的男子，叫她如何辜负。

"子晴，别丢下我，痴情的不是只有你。"黎安红着眼眶说，两行清泪顺着眼角蜿蜒而下，子晴反转手背，与他十指交缠。

"其实，还有一件事没告诉你，子杰的老婆在他生病期间就跑了，现在只剩孩子和老人。"

又是一年春草绿。蒙蒙的细雨如烟似云，山间到处响着鸟儿欢快的叫声，这真是一个充满悲伤又充满希望的季节。

子晴伸手抚着落满杂草的墓碑轻声说:"子杰,你就放心吧,有我在呢。"

"干妈,快点,奶奶煮了好吃的等着我们呢!"一声稚嫩的童声打断了她的沉思。

"你这个小馋猫。"黎安笑着捏了捏这个小粉团的鼻子,一手抱起他,一手牵着子晴,向家走去。

求你娶我吧

周末的早上，适合做梦。

梦里，和金发碧眼的外国帅哥品尝地窖里的藏酒，在莱茵河畔喝完下午茶，又牵着我的手去卢浮宫广场看雕塑……

呼，呼，呼，一阵急促的敲门声传来。我眨了眨眼，努力平复了下情绪，接受了那枚法国小鲜肉只存在于一场黄粱美梦中。

但谁这么讨厌啊，大清早的敲门，就不能容我多做会梦么。

踩着拖鞋从猫眼一看，于丽清那盘嫩秧秧的白脸映入眼帘。我顺手操起地上的拖鞋，打开门劈头一鞋甩过去，嘴里骂道："死妮子，我差点就搞定一个外国小鲜肉，你急吼吼敲什么敲，赶去投胎啊。"

于丽清轻盈闪过，哈哈大道起来："我说你能不能有点出息，躺床上做春梦，有没有搞错，还不如窗外那只猫，好歹猫老人家怀春还知道扯着嗓子叫几声。"

见我耷拉着脑袋，呵欠连天，一副春梦过度的样子。她刷地掀掉我身上宽大的睡袍，打开衣柜拿出一套粉色系休闲装，命令道："穿上。"

"干嘛,我天天加班熬了一个星期,好不容易过个周末,只想关机睡一天。"我不满她的强势,又拿她无可奈何。

"你看看你,还有点女人样吗,整天就知道工作工作,怪不得就你前夫那样的渣男都能把你给甩了,太辜负这张俏脸了。"

我懒得理她,反正从小到大,这个超级闺蜜不怼我心里就难受,都习惯了。她边把衣服往我身上套,边嬉皮笑脸道:"你不是喜欢帅哥吗?这次带了几个超级靓仔,咱们林溪山庄休闲烧烤去。"

好吧,看在帅哥的份上。

林溪山庄地处郊区,漫山遍野碧绿的茶林,低壑处一片一片金黄的油菜花。交相辉映,美不胜收。山庄里可采茶,烧烤,垂钓,雷战,还可湖面泛舟。

真是个撒欢的好去处。

我向来肠胃不好,在这青山绿水中,又有帅哥作陪,一高兴就吃坏了肚子。

心急火燎的找到厕所,酣畅淋漓解决掉肚子里的污秽。推开隔间的门,便和一个大高个男人撞个满怀。

我惊叫道:"你好变态,跑到女厕来!"

此男嘘了一下,示意我别出声,然后指了指门口的牌子。

妈呀,这下糗大了,我竟然跑到男厕所了。

低头红脸跑了好远,还听见那恶俗男的诡异笑声。

夕阳西下,宾主尽欢。

我和于丽清站在山庄门口等伙伴们开车过来。很不巧,厕所碰到的那个男人陪着两个看似客户的走了过来。我一闪身躲在树后,生怕他认出我。

"王总,熊总,这次真是不好意思,灯光公司突然毁约,造成活动不能如期举行,我们正在找新的合作公司。让你们前期准备工作白费了,

179

我道歉！"他态度诚恳说道。

"林总，你要找个靠谱点的公司啊，还能签了合同再毁约，这也没谁了。"

"是我们工作没做好，对不起了！"

原来那男的姓林，莫非他就是传说中林溪山庄的老板。早就耳闻这林总脾气暴烈，而且精打细算出了名的。

果然，两位客人刚送走，他就对着底下的工作人员吼道："搞什么鬼，你们都是干什么的，这节骨眼上灯光公司毁约，我们广告宣传都出去了，合作商都找上门了，我们山庄信誉何在？"

什么情况，灯光节？毁约？凭着敏锐的职场判断力，在林总即将踏入办公大楼大门时，我果断上前叫住了他。

"林总，我是清韵灯光公司的李韵，专业承办灯光节，或许我可以解你的燃眉之急。"我双手恭敬地递上名片。

林总看了看名片，又看了看我，眉头一下舒展了。估计是认出我来了，嘴角还扯出一抹奸笑。

"等你电话哦！"我对着他灿然一笑。没等他开口，拉着于丽清钻进车子。

"喂，什么情况，你不是一直喜欢小鲜肉吗，什么时候和那个老腊肉勾搭上了。"于丽清狗嘴里永远吐不出象牙。

"我感觉那是条老鱼，本美女要亲自出马钓鱼了。"我哈哈笑道。

"小心，别赔上自己。"于丽清不怀好意。

不出所料，第二天刚上班，就接到林总秘书的邀约电话。我拿着昨晚加班整理的案例资料，妆容精致地出现在林总办公室。

"你今天真漂亮。"他见面就恭维道。

"谢谢！"我大方落座，迎着他的目光，递上案例，"这是我们公司做过的一些灯光展案子，请您看一下。"

他接过来随手翻着，眼睛却挑衅地看着我。"美女厕所都会走错，足可见多么粗线条，这么大的灯光项目我凭什么信你。"

我不由得俏脸一红，也只能迎难而上，"林总，我打听过了，和您签约的灯光公司，是因为您方压价太低，根本没利润可言，所以他们情愿支付违约金也不愿执行合同。"

我从来不打无准备的仗，早就把他们公司这场乌龙打听得一清二楚。

"这种灯光节，要么不办，要办就要办出特色来。不仅要好看，还要好玩，不仅要好玩，还要难忘。结合当地的人文风俗，在玩中赏灯，才最难忘。"我继续滔滔不绝道。

林总的眼光始终没有离开我，他收起了调侃，专注而认真地听着。

"好，就顺着这个方向，出个方案，时间要快。"他似乎比较认可我的思路。

再三和他沟通想法，确定主题，和设计部的同事一起熬了三个通宵，我们以最快的速度拿出了方案。最后审核了一遍，轻点鼠标，发送给了林溪。

他们对方案非常满意，几番调整后，进入了报价议价阶段。林总果然老奸巨猾，在价格上狠狠的压。

他非常精细地算出市场上的灯和我们灯的差价，一项项列出该优惠的幅度。看他一付有理有据，精明过度的样子，我都有点后悔接这个案子了。心里一万匹草泥马飘过，暗骂真活该被毁约。

"林总，首先我们公司不是仅仅卖灯，更是卖创意。您要这样比价，也不用找我们专业公司服务了，直接去市场上买灯就可以。"我不卑不亢地说："价格在此基础上再优惠五个点，这是公司底线。你再考虑一下，或者再找两家公司比比价也行。"

任他左还右算，我丝毫不松口。

签合同的时候，他说："和美女老板合作，从来没赢过。"

我恭维道："那是您承让了。"

施工期间，我丝毫不敢懈怠，日日都要到工地现场巡查。林溪总是陪我一起熬夜加班，一来二去中，倒是越发熟悉了。

这场灯光展，取得了空前的成功。每当夜幕降临，人群涌向山庄，朋友圈里好评如潮，大家自动转发，口碑相传，都说这是一场震撼人心的视觉盛宴。当地新闻媒体都作了报道宣传，林溪山庄更加声名远扬了。

自此后，我也成了山庄的常客，每有朋友聚会，都会来这里。林总以感谢为由，也经常请我到山庄一聚，每次我都带着于丽清赴约。

一次饭后，于丽清对我说："那个老腊肉好像看上你了，他看你的眼神都不一样，满满的欣赏和疼惜，还亲自给你夹菜。"

"瞎说什么，有钱男人喜欢的是小姑娘，我这半老徐娘算哪根葱。"我不以为然。

"我打听过了，林总夫人几年前因病仙逝，他带着儿子一直没再娶。你们两个，说不定真有戏。"

"戏你个头啊。我现在要集中全部精力，拿回女儿的抚养权，哪有那闲功夫。"

自从那次在街上迎面碰上前夫和小三手挽手逛街，我就明白，这个家里已经没有我留恋的地方了。偏偏他还死活不肯离婚，说男人在外偷点腥都是正常的。拿女儿和房子做挡箭牌，要离就自己光溜溜出去。

我提着箱子孤零零地来到于丽清家里，抱住她哭了个天昏地暗。于丽清得知我净身出户，把我一顿好骂。

她对我百般安慰，但在哭花了她第三件阿玛尼衬衫时，她一把揪住我吼道："自己做的选择，是屎都要吃下，天天哭个什么劲。你惨兮兮的样子谁稀罕。从现在开始，活得漂漂亮亮的，不能让人看扁了。"

她递给我一张卡说："这里面的钱，拿去，开公司，我投资你，相信你的能力，等赚了钱，把妞妞要过来。我知道，你哭是舍不得女儿。"

我说："于丽清，你为什么不是个男的。"

清韵灯光公司开业以来，我没日没夜的打理，经过两年的运作，已逐渐走上正轨。

要回妞妞，是我唯一的奋斗目标。

前夫那边怎么都不肯让出抚养权。万般无奈之下，只好走法律程序。

律师的话再次把我打入失望的谷底。他说法律虽然会优先考虑孩子随母亲。但我一个单身的女子，每天工作时间长，根本无暇照顾到孩子。现在孩子由爷爷奶奶照顾，当初又是我主动放弃抚养权的，如果对方以此为由，要回孩子的可能性很小，除非我有稳定的家庭环境。

幽静的咖啡馆里，我趴在桌上，漫不经心地搅动着杯中的咖啡，心绪难平。这两年以来，我无时无刻不在想女儿，如果要不回妞妞，我还活个什么劲。

"总会有办法的，你想开点。"于丽清安慰我。

"有什么办法，我单单不能给女儿的，就是稳定的家庭环境啊！"

"如果你和林总谈恋爱，会不会……"她捉狭地冲我眨了眨眼。

我眼前一亮，抓起桌上的车钥匙。旋风一样的跑出门口。

"我不和他谈恋爱，我要去向他求婚。"为了女儿，我算是豁出去了。

林溪坐在宽大的老板椅上，惊讶地看着我说："你刚才说什么。"

"我要嫁给你。"我喉咙发涩，强咽了一下口水，"当...当然是假结婚，只要拿到女儿的抚养权，我们立马离婚，这次，求你帮帮我。"

他走过来，伸手在我额头探了探，"没发烧啊！"

我紧紧拽着他的胳膊，央求道："求你，一定要娶我，一定要帮帮我！"

想到自己一个如此心比天高的女人，如今落到低声下气求人娶的地步，不禁悲从中来，趴在沙发上大声哭起来。

"初见时稀里糊涂的你，工作时精明能干的你，现在痛哭无助的你。"他喃喃道："到底哪一个才是真的你？"

"都是假的，只有现在，你面前这个可怜可嫌狼狈不堪的我，才是真的。"

"无论发生什么事，都有我在。"他扶着我的肩膀，坚定地说。

又是一年春草绿，夕阳中的山庄，美的像一幅画。我倚在门边，看林溪和两个孩子在草坪上奔跑玩耍。

这场情，如此不真实，像在梦中，我掐了掐自己，好像又不是梦。

"妈妈，过来！"妞妞跑过来，牵着我的手，来到林溪面前。

他定定地看着我，突然单膝跪地，变戏法似的拿出一枚戒指，不由分说地套在我的手指上说：求婚这件事，应该由男人来做。

冰冷的心，温暖的人

今天是娟子大喜的日子。没有花车，没有喜宴，也没有亲朋好友的祝福。她的心平静如水，没有半点涟漪，也没有半点喜悦。带着和先夫的儿子，与哑巴新郎一起吃了一顿饭，喝了一个交杯酒，就算正式二婚，或者说三婚了。

娟子新寡那年刚满三十，她长相俊俏，唇红齿白。正是一枝花的年纪，像刚刚熟透的红柿子，饱满诱人，任是哪个男人都想捏一把。

自从家里的男人得肺癌死后，这个年轻漂亮的寡妇已然成了全村妇女的公敌。已婚的和大龄未婚的男人们都暗自较劲，比着赛似的给娟子献殷勤，都想抱得美人归。

娟子知道，寡妇门前是非多。她平时大门不出，二门不迈。对那些不怀好意的已婚男子，都是不理不睬，绝不招惹。久而久之，大家都知道她并非一个招蜂引蝶的女人，也逐渐对她尊敬起来。

只有邻村的大龄青年二顺没有放弃。他喜欢娟子很久了，可是家里穷，为了给哥哥娶媳妇，家里债台高筑。在贫穷面前，人总是容易无端的自卑。二顺没有勇气向娟子表达他的爱慕之情，眼睁睁的看着她嫁给别人。

娟子出嫁那天，二顺一个人跑到酒馆里喝的酩酊大醉。他的心在滴血，既然没有能力给娟子幸福，唯有祝福吧。

然而天有不测风云。几年以后，娟子的丈夫患了恶疾，求医问药很快掏空了家底。她强忍悲痛，到处借钱给老公治病。开始亲戚朋友们可怜他们的遭遇，都几百上千的给她凑。

但那个病是无底洞啊，最后亲戚朋友们也爱莫能助了。

那时的二顺买了一个车跑运输，经济情况已经大有改观了。他瞒着所有人，每次赚钱后都以匿名的方式给她汇款，默默的帮她承担着重担。

老公走后，娟子一度心灰意冷。她想，自己真是一个命苦的女人，年纪轻轻就成了寡妇，这辈子就这样吧。抚养儿子长大，自己孤独终老，了无生趣的过完这一生。

可是，二顺来到了她身边。任凭她的冷言冷语，她的无情冷漠，他毫不在乎。每次跑完车，都雷打不动来到她的院子里，挑水劈柴，重活累活都干完，再默默的回去。

娟子的心慢慢的活络起来，她开始盼望着他来。看他在院子里挥舞着强壮的手臂一上一下劈柴，汗水顺着他俊朗的脸庞往下滴。多想给他擦擦额角的汗水，终究觉得不好意思，默默上前，递给他一条毛巾。此时的二顺，在娟子眼里性感极了。

没错，是性感，突然想到这个时髦词，把她吓了一跳，不觉让她羞红了脸，转身进了屋。

二顺也愣了，多久以来，他自顾自的干活，娟子都当他不存在，冷着一张脸，每次出门都同样一句话，让他以后别再来。这次竟然给他拿毛巾，老天爷是要开眼了吗，二顺开心地笑了，那柴也劈得越发用力了。

干完活正准备离开，娟子一掀门帘叫住了他。

"二顺，我就问你三句话，"娟子开口道：

"你真的不在乎我是个寡妇？"

二顺认真地点了点头。

"你爹娘也不在乎我是个寡妇？"

二顺又认真地点了点头。

"你会把我儿子当亲儿子一样对待吗？"

二顺一把抓住娟子的手，紧紧地握着，生怕一松手，她就不见了。他看着娟子的眼睛，大声回答："还用说吗，那就是我们的亲儿子。"

幸福来得太突然了，娟子真想给老天爷瞌个响头，感恩他老人家把这么好的男人送到她身边。连墙角的狗尾巴草都摇头晃脑，向她祝福似的。她忍不住扑进二顺的怀里，嘤嘤地哭了，这是幸福的泪水呀。

二顺终于抱得美人归。村里的男人除了羡慕嫉妒。还给了他们深深的祝福，觉得他们俩才是最般配的。二顺娘本来不同意他娶个寡妇进门。但架不住二顺对娟子情深意重，再者，儿子年纪也大了，娟子又孝顺懂事，还能省一大笔彩礼钱，二老也就默认了。

"娟，给我点时间，再攒点钱，我一定让你风风光光的嫁给我，把乡邻们都请来喝我们的喜酒。"二顺郑重向娟子承诺。

有了爱情滋润的娟子，愈发的娇艳起来。走路都哼着歌儿，她不知疲倦的收拾两边的家，无微不至地照顾着二顺的爹娘。二顺有了娟子这个贤内助，没了后顾之忧，运输生意越发跑火。

一次，二顺揽了几单跑长途运输的活，为了省钱，他没雇司机，自己一个人上路了。几趟货送下来，早已疲惫不堪。看着一叠厚厚的钞票，他不由笑了。想着下个月就是他和娟子正式成婚的日子，不能让娟子跟着他受苦，他就觉得浑身有使不完的劲。

娟子也在眼巴巴盼着心上人的归来。二顺电话里告诉她，这趟货拉完就准备歇下来，好好的准备结婚的事。把房子刷一刷，也去拍个婚纱照时髦一下。

命运这只无情的黑手，终是不肯放过这个命运多舛的女人，并再次把她抛入了无情的低谷。

正在河边洗衣服的娟子，没有等到二顺的平安归来，却接到了县交警部门的通知：二顺因为晚上疲劳驾驶，翻车掉入悬崖，车毁人亡。

无情的打击，再次让娟子陷入了无边的黑暗中。安葬完二顺，她躺在床上，整整昏睡了三天。她怎么都想不明白，自己一个善良无辜的女子，命运为什么要这么残忍，把她爱的人一个个夺走？

想到二顺爹娘白发人送黑发人的惨痛，她顾不上自己虚弱的身子，跌跌撞撞地跑进那个熟悉的小院。二顺娘躺在床上哼唧着，看见她，不顾一切的冲上来，使尽全身的力气，啪啪给了她几个耳光，嘴里哭骂道：

"你这个扫把星，这个克夫的恶毒女人，二顺就是被你克死的呀。我早就给你算过命，说你克夫，只有我那个傻儿子不信这个，说是迷信。所以才害了他的命啊……你还有脸再来这里，你给我滚……滚……"

娟子顾不上红肿的脸颊。长跪在二顺爹娘面前，死命地磕头。瞬间，额头就被鲜血染红了，二顺爹把她拉起来，抱头痛哭。

娟子坐在水库边的台阶上，周围绿草肥美，野花绽放，散发出阵阵幽香。这里是和二顺经常幽会的地方。曾经，他们在这里深情相拥，在这里憧憬未来。可如今，斯人已乘仙鹤去，独留她，在这人间守着悲苦与怀念过光阴。

她呆呆地坐着，眼神空洞迷茫，周边的春光明媚与她毫无相关。她的心已死了，伤痕累累，刚刚愈合的伤口，又被再次血污拉撒的撕开，已痛到麻木。

原来，这就是她的命，是她的定数，是改变不了的现实。她只恨自己。为什么不早去找算命先生算一算，如果知道自己克夫，她宁愿孤独一辈子，也决不会和二顺好。

这一刻，她恨死了自己。

"娟，别瞎想，这不是你的错，好好活下去"，恍惚间，她看见二顺焦急而心疼的脸。

"二顺，你别走，不要丢下我"。娟子哭喊着扑上前去，却什么也没抓着。一个趔趄，掉进了水里。她不会游泳，挣扎了几下，就什么也不知道了。

是村里的哑巴救了她。那时，他正好在附近的山上打柴，看她呆呆坐在水边，怕她想不开，自己又不会说话，就坐在不远处守着她。

其实，她也并不想死，她要死了，儿子怎么办。他还那么小，她还要在这痛苦的人间煎熬着把儿子养大，这是她的责任啊。

克夫的烙印像印章一样盖在她的身上。再也没有男人敢追求她。她也成了人们茶余饭后的谈资。

她的院子里冷冷清清，只有哑巴经常来，或带着小玩具，或带着棒棒糖来逗儿子玩。儿子跟着她受尽了冷眼，没有玩伴，只有哑巴来了，他们在院子里尽情疯笑打闹，这个农家小院才有了一丝生气。

转眼五年过去了，娟子心如止水，日夜操劳，早已没有了之前的漂亮丰腴，却愈发坚强能干。在村里第一个种植起了大棚蔬菜。

这些年，哑巴像守护神一样一直在她们娘俩身边，赶也赶不走，骂也骂不听，儿子更是对他依赖到不行。哑巴并非天生不会说话，小时候发高烧没钱医治才变哑了。他聪明灵活，高大帅气，娟子索性让哑巴和她一起种植大棚蔬菜，每月给他发工钱。哑巴每月领到工资后，转眼就花在了儿子身上。

一次，娟子在厨房切菜，一不小心把手切了，顿时血流不上。正好哑巴进来找她有事，见她的手流血了，心疼不已，赶紧找药，结果家里什么药都没找着。

哑巴飞快的奔向村小卖部，比划着要买创可贴。店主没弄明白他要买什么，他急得汗都出来了，如热锅上的蚂蚁，嘴里伊伊呀呀，手里一个劲地比划。店主依然一脸懵懂，搞不清楚他到底要买什么。

情急之下，哑巴拿起旁边的剪刀，一把扎向自己的手，直到看到他流血的手，店主才明白他要买创可贴。

哑巴小心的帮她处理着伤口，贴好创口贴后还孩子气的放在嘴边吹几下，像照顾孩子一样无微不至，却顾不上自己的手也在流血。

娟子看着他，尘封已久的心，莫名感到了一丝温暖。这些年，她跟着乡里学科技种大棚蔬菜，也抽空看了不少书，什么算命先生，什么克夫命，好像也有点无稽之谈了。

前两年，她托村里的李婶给哑巴张罗了一门亲事，哑巴死都不肯去相亲。她明白哑巴对她的好，一辈子，他都会无怨无悔的守在她身边，给予她陪伴和温暖，她不也无比贪恋这活色生香的关切与温暖。

半年后，在儿子的鼓励下，娟子和哑巴手牵手走进了民政局。

春风万里不问归期

我爱于小荷，爱了十二年，从青春年少的帅小伙到大腹便便的中年油腻男。

我每天都在想她，每天都会梦到她。甚至每次和老婆在床上，我都要闭着眼睛想像是于小荷，才会让我激情四射，豪情满怀。

寂寞长夜，我点根烟，在客厅坐半天。十二年啊，一个时光轮回，我不但没追到她，更是连手指头都没碰过一下。而那个冷若冰霜的于小荷早已把我的生活整的一地鸡毛，她还是一幅禽兽无害，事不关己的样子。这叫什么鸟事，哥活得憋屈不。

高中时遇见于小荷，我就像被鬼附了身一样，把魂都弄丢了。

那时，我是个自卑的少年。贫穷的家境，并帅气的面容，我鼓起十二万分的勇气，用我那狗爬式的笔迹给她写了第一封情书。洋洋洒洒两千字啊！平时写作文都是磨子都压不出个屁的，也不知道哪里来的灵感与激情。

我拜托同桌王平转交给她。悄悄躲在树后面，看着于小荷面无表情，拆都没拆开，就直接把我耗费了几十亿脑细胞和几万丈豪情的杰作给撕了个粉碎，轻轻往后一甩，天女散花一样撒了满地。

可怜我费尽心思熬制的第一封情书，就这样消散在风里，化为泥土碾作尘了。

于小荷并不是很漂亮，她文静秀气，娇小玲珑，没事就喜欢抱着书看，有点文艺范。

那次我打完球急吼吼的冲进教室，与抱着书本的她撞个满怀。她满脸通红，低下头去捡书。忽然我就看呆了，我承认我是个大老粗，作文更是写的狗屁不通。此刻，我却突然想起了徐志摩的那句诗：

最是那一低头的温柔，像一朵水莲花不胜凉风的娇羞……

小荷一低头的温柔，彻底把我俘虏了。我对她一见钟情，虽然我知道，这是件十分羞于齿的浅薄事，但是没办法，有些事情就是起源于浅薄，浅薄到再怎么努力，终是忘不了。

我拉着王平在小酒馆喝得大醉。心里纵有十二万分的不甘心，又如何？郎有情，妾无意，不过是我一个人的独角戏。趁着还未完全晕，我发了此生第一个誓言：一定要追到于小荷。

高中浑浑噩噩混了三年，根本就学不进去，我成了名副其实的差等生与问题生。但写作水平破天荒得到了语文老师的表扬。这也要归功于小荷，我满脑子里都是她的身影，愈挫愈勇，绞尽脑汁给她写了几十封情书，我坚信我的坚韧与深情终会打动于小荷。她就是一块冰，我也要把她融化。

无奈幻想是美好的，现实是骨感的。

在王平帮我传递第五十八封情书的时候，他眼里满是同情与无奈的劝我：放弃吧，不要要做无谓的努力了。

于小荷再也没有撕我的信，那些信有的被她截留，有的叫王平原封不动带回来。每次在教室操场碰到我，她都像躲瘟神一样走得远远的。

我也不敢走她太近，我怕吓着她，我像个乌龟一样，躲在厚重的壳里，默默的关注着我心中女孩的一举一动。

高考于小荷也落榜了。我忍不住欢呼雀跃。我觉得读书时她不理我，肯定是为了学习，现在我们都自由了，我更要不遗余力追到她。那时候交通不便利，我愣是走了几十里山路去找她。从早晨走到傍晚，鞋底都磨出了洞，脚底也起了泡，疼痛难忍，但和我心爱的姑娘比起来，又算得了什么，为爱情承受再多的苦与痛，我都愿意。

于小荷看到我很意外，第一次没有躲我。

多年以后，我依然清楚记得那个暗香浮动的黄昏，我和于小荷站在村口的那棵桃树下，一片落英缤纷，金黄色的阳光洒落在于小荷的脸上肩上，真美呀，我倾心爱慕的姑娘。多少时光流年里的苦苦追寻，能换来这一刻的倾心相处，即便此时死了，我也心甘了。

于小荷指着四面青山说，我们的村子，四面环山。你家也一样，我们是被人看不起的山里人，我不是不知道你的用心，但是我实在不愿意，从这个山村嫁到那个山村。我的世界，在山外面……

于小荷还是走出了山里，我知道她看不上我这个山里人，她要追求更大的舞台，更广阔的天空。可是要我就此放弃她，心里太不甘心了。

在请于小荷闺蜜吃了三餐饭后，才打听到她去了南方打工。我找王平借了二百块钱，飞快地来到有于小荷的城市。

一路奔波加上车票，我身上早已经所剩无几。我花五十块钱买了一束鲜花，等在于小荷下班的厂大门口。犹如第一次给她写情书一样，我第一次给一个女孩子送花，那是用我口袋仅有的钱换来的。

于小荷看了一眼窃窃私语偷笑看着我的同事们，羞红了脸。但她并没有接受，只淡淡地说，你这是又是何苦。

我向老乡借了点生活费，天天以馒头充饥，白天出去努力找工作。我要在有小荷的城市里，和她一起开启新的生活。

193

每天傍晚，我都准时出现在小荷上班的厂门口，接她下班。小荷并不理我，每次都是她嘟着嘴在前面走，我在后默默地跟着。

半个月过去了，我依然没有找着任何工作。老乡也没钱借我了，我的日子捉襟见肘，连馒头都吃不起了。

小荷塞给我五百块钱，她说：你回去吧，你这样做虽然让我感动，也让我很难堪，我不想伤害你，也不愿骗自己，我们之间不过是两条平行线，即使线再长，也永远不会有交集的可能……

事已至此，我只好拿着于小荷给的钱，默默地离去。我没有向她告别，火车渐渐驶离站台，我离有于小荷的城市越来越远了，离我的爱情也越来越远了。

爱情于我而言，是多么奢侈的一件事。我回程的车票还要她资助，我甚至请她吃餐饭的钱都没有。我有什么资格去奢求爱，只有一腔热血沸腾，又有什么用。

有的时候，爱到痛处，不是死去活来，不是天崩地裂，不是山盟海誓，而是无言的关怀，和祝福。

再见，于小荷。

等着我，于小荷。

但于小荷并没有等我。从她闺蜜的嘴里，我不断了解她的近况：她函授本科毕业了，她升职了，长薪水了，而且，交了一个不错的男朋友，准备结婚了……

于小荷，她已然实现了自己的梦想，走出了大山，走出了小村，在摇曳生姿的城市里怒放了。

而我，在这数年漫长岁月里，思念于小荷，已成了我的执念。她存在于我的记忆里，往返于我的睡梦中，我没有理由，也没有章法的，持续单恋着。

几次跑到她老家的山村，追寻她生活过的气息。帮她父母挑水担柴做农活。独自伫立在村口那棵桃花树下，思念远方的她。

小荷妈妈唏嘘道：孩子，忘了小荷吧，是她自己没福气。

终于，在我二十八岁这年，在父母企求的眼神中，我与邻村的姑娘阿芳相亲结婚。

和阿芳虽然生活在一起，但我从不爱她。心里装着自己深爱的女子，和阿芳柴米油盐，生儿育女，为生活忙忙碌碌。我的心也渐渐平静下心，犹如一潭死水。

后来在全家人的努力下，我们的日子也终究是好了起来。有了自己的种植基地，家里盖起了小洋楼，买了汽车。阿芳吃苦耐劳，尽心尽力的跟着我过日子。我也算是村里先富起来的人。

但这些表面的成功，没有心爱的人分享，又怎么能让人快乐？

几年以后，于小荷回来了。她和老公离了婚。一个人带着女儿，在县城开了一家公司。

我得知这些消息后，迫不及待的去找她。于小荷变得更漂亮了，温婉中透着成熟的气质。脸上扬着自信的笑容，丝毫没有离婚女子的颓废。

我看着她，万语千言，只汇成一句：你还好吗？

"你看我哪里像不好的样子。"她咯咯地笑着。

于小荷的到来，像是在我苍白沉寂的生活中注入了一道新鲜的血液。我的心重新热烈起来。她生意做得极好，人又开朗大方。她的办公室成了我们同学经常聊天聚会的场所。我瞒着小芳，以送货为名频繁往返于县城乡村之间，基地的瓜果蔬菜都要先给小荷一份。

我知道小荷看不上这些，犹如以前看不上我这个山里人一样，我的感情卑微如尘土，上不了她的台面，我不过是在找见她的借口罢了。

我满心欢喜，乐此不疲。

那日同学小聚，于小荷巧笑嫣然。一来二去的斗酒中，终于不胜酒力，大家自然把护花使者的任务交给我。

刚进她家的门，于小荷突然转身紧紧地抱住了我。她梦呓般的声音传来：我知道你对我好，你想了我这么多年，今天就满足你……

瞬间，我被石化。

这么多年以来，她在我心里，是女神一样的存在。多少次在梦中，我卑鄙无耻的把她给意淫了。现在，这温香软玉的身子窝在我怀里，我不禁热血往上涌，我感觉多年的夙愿就要实现了。

逮着她柔软的唇，深深地吻下去，深醉在她的芳泽里，不愿醒来。正意乱情迷之时，我不知是头脑短路了，还是脑子被驴踢了，尚存的一点意识里，竟然浮现出一张幽黑的脸庞，那是阿芳。

我把于小荷抱到床上，她沉沉睡去，我去厨房冲了一杯蜂蜜水放在床头，起身悄悄离开。

几天以后，我收到于小荷给我回的生平第一封信。

她说那晚她并没有醉。阿芳找过她，她是个好女人，她答应把我还给阿芳。

她说她不仅在试探我，也是在赌一把，如果那晚我们真有故事，就冲着我的深情，她也愿意陪我沉醉一把。

她说情到深处，哪还顾得上其他。这么多年以来，我爱的不是她这个人，我爱的，只不过是青葱岁月里一个未企及的梦，一份爱而未得的不甘心，一场荼蘼而热烈的单相思。

仅此而已。

她说去珍惜和握紧手里拥有的，不然在我的三心二意中，这些朴实的幸福也会溜走。

于小荷，她赋予了我绝美的憧憬，也赋予了我断肠的遗憾。

一场空欢喜

"佳雪,我父母要见你,就这周六晚去家里吃饭好吗,我爸妈一定会喜欢你的。"

接到男友于冉的电话,我的心欢呼雀跃起来。丑媳妇终于要见公婆了,何况,我才不是什么丑媳妇,我是本市有名的美女林佳雪。一米七三的个子,白皙的面庞,大波浪的时尚卷发,纤腰盈盈一握,爱穿黑色,也爱笑,佳人一笑百媚生呀。

二十四岁那年,我的倾城一笑,迷倒一个商人。他为了利益需要,把我介绍给了上层。人家要我的青春美貌,我要的是他的权与钱。我们各取所需,可谓是针尖对麦芒,正好了。

自此,我开始了风光无限的上流社会生活。

短短两年,别墅,宝马,门面都有了。最主要的,还有了一个体面的工作,我一个高中毕业生,纵身一跃成了某高校的干部编制。统统这些,都是用我的聪明才智挣来的,我游刃有余的在各级单位和企业游走。听惯了各种奉承,毫不夸张地说,在本市就没有我林佳雪办不成的事。

我当然知道他们背后都对我嗤之以鼻，骂我狐狸精。我毫不在乎，一个从小在菜市场卖鸡家庭长大的姑娘，闻惯了鱼腥屎臭的，还会在乎再多点狐狸味吗？

转眼四年过去了，我即将步入大龄剩女的行列。各种款式的美女像韭菜一样，一茬接一茬的生长，聪明如我，当然知道这碗青春饭也快吃到头了。

我主动搬离了别墅，在高档小区买了个二居室。从此告别黑色蕾丝，也告别了那段不堪回首的过往。

我挽起长发，穿着朴素的白衬衫牛仔裤，简单低调，在学校里认真的当起了朝九晚五的上班一族。

按理说我啥也不缺，活得恣意潇洒，却总是没来由的对生活感到厌倦。一个慵懒的午后，我端着一杯猫屎咖啡，站在宽大的落地窗前，努力的想了想，才可怜的发觉，我林佳雪他妈的什么都有，却偏偏，没有爱情。何其可悲，一个快满三十岁的绝色美女，却找不到一个可以相爱的人。

为了赶闺蜜的生日宴，我把车开得飞快。在红绿灯路口，一个刹车不及，撞上了前面一辆奥迪。

我急忙下车，从包里拿出一把钱塞到被撞车主手里说："我赶时间，这车麻烦你自己开去修下，这是修理费，这是我电话，不够再打给你"。说完开着宝马绝尘而去。

那个倒霉的车主就是于冉。自此以后，他隔三差五约我，对我发起了强烈的追求攻势。说我的车撞了他的车，这是老天爷在给我俩牵线搭桥。

于冉家境优渥，他爸爸是单位的领导，妈妈是市医院的医生。他自己不愿在体制内混日子，就自己开了个网络公司。如今也做得风生水起了。这样一个妥妥的高富帅，真的不会计较我的过去吗？

灯光温馨迷离的咖啡馆，我流着眼泪把过去的一切向他和盘托出。感觉心都要碎了，像个囚徒一样等着宣判。以我的罪孽，当然知道会判重刑，分手是唯一结果。

于冉拥我入怀，拭去我眼角的泪水，坚定地说："傻瓜，过去的已翻篇了，请允许我，许你一个未来。"琅琅人生，终于有了一个懂我的人。心花终于开始怒放，我仿佛看见幸福在向我招手，却忍不住扑在他怀里嚎啕大哭。

相恋一年，于冉终于要带我回去见他父母了。婚事也被提上了日程。

车子缓缓地驶上了半山腰的别墅群，我的心也在一点点的下沉。这个熟悉的地方，我在这里住了四年啊，没想到于冉的家竟然也在这里。

站在豪华阔气的大门前，我突然紧张得直冒虚汗，门口的一对石头狮子好像也在嘲笑地看着我。

"亲爱的，别紧张。"于冉看出了我的心慌，紧紧拉住了我的手。

"我有点不舒服，我们改天再来好吗？"

这时，于冉的妈妈打开了大门，笑呵呵地拉着我进了院子。于冉的爸爸笑容满面地接过我们手里的东西。我们四目相视，他的笑容顿失消失，把手里的东西往地上一扔，指着于冉大骂着："这就是你给我们说的大学老师，你是瞎了狗眼了，你想娶他，除非我死。"

我当然也认出了这位于副局长，他评职称时还找我帮过忙，我的前世今生，他当然知道得一清二楚。这样一个清白的家庭，怎么会允许我这样的狐狸精进门呢。我咬紧嘴唇转身跑出了院子。

千帆过尽，一副空壳架着一颗更空的心。

曾经的狐狸精，想要的不过是一场简单的烟火爱情，一份柴米油盐的普通日子，怎么就这么难？

一切从堕落开始，一切从平静结束，兜兜转转，不过是一场空欢喜。

好像花儿开

  人世间，有一种爱，洁白如雪，不容亵渎。有一种情，朦胧而羞涩，神秘而激动，就像一杯鸡尾酒，刚刚品尝，有点甜，有点涩，但是细细地品尝，才会体味到醇香。

  已经午夜十二点了。窗外的月亮疲倦地躲进了云层，只有星星点点散布在广袤的夜色中。白天的热闹喧嚣已然安静，家里人早已酣然入梦。

  他和她还坐在火塘边，不言也不语，他们这样默默地坐着，已经几个小时了。他用火钳拨弄着烧得旺旺的炭火，心里一遍一遍地预习着，该怎样和她说告别的话，该怎样向她表白。他很想伸出手握住她的，甚至想把她抱进怀里亲个够……

  他想了很多很多，脑子里一直在盘旋着，一直在酝酿着那个叫做勇气的东西。几次伸出手去，又装作毫不在意地缩回来。

  她的头垂得低低的。娇羞的脸上闪着一直消退不了的红晕。这红润，也许是被炭火熏的，也许是心里的那团火燃的。她故意把手伸出去烤火，故意离他很近很近，故意用柔情似水的眼睛偷偷地瞄他……

可是他一心拨弄着火钳，像没看见一样。难道他不明白自己的心思吗，还是根本就对她没感觉。她的心没来由的有点难受，不觉微微的湿了眼睛。却始终倔强地低着头，不让他看见。

唉呀……突然，她惊叫起来。由于地面凹凸不平，她坐的凳子摇晃不稳，带动她的身体向后仰去，幸好后面靠着墙，才没有栽倒在地。但他也只是担心地看着她，眼里写满关切，并没有伸出手去拉她一把。

明天他就要当兵走了。他在高考前夕投入军营，而她还要备战考场。三载同窗，一起同桌，他早就春心萌动，她早已芳心暗许。相互的喜欢就这样一寸寸滋长着，却谁也没有捅破那层窗户纸。

这分别的时刻，她多么盼望着，他的一个肯定和承诺啊。

他俩就这样痴痴呆呆地坐了整整一晚上。鸡鸣三遍，沉黑的暮色微微泛出了白光，他俩毫无睡意，各怀心思，却始终什么都没说，也什么都没做。

"真是笨得像猪一样。"她不满地撅着嘴，在心里愤愤着，幽怨地看了他一眼，眼神里有埋怨，有深情，还有即将分别的忧伤。

离别的时刻来临了。他穿着威武的军装，戴着大红花，英姿飒爽的站在车上。帅气的脸庞无精打采的，显得忧心忡忡，心神不宁。眼睛左顾右盼着，他多么希望在送行的人群里，看见那个美丽的倩影。他恨死自己了，那样一个美好的夜晚，哪怕一句表白的话也可以啊。可他像个十足的懦夫一样，他觉得她一定是生气了。

车子就要开动的时刻，一个身着白衣裙的姑娘飞奔而来。他激动地伸出手去，拉住了姑娘的手，她偷偷地塞了一个小盒子在他口袋里，无奈松开手，深情又无奈地看着车子渐渐远去。

他迫不及待地拆开那个盒子。一个精致的mp3，一副小巧的耳机。闭上眼睛。熟悉的歌声传来：甜蜜蜜，你笑得甜蜜蜜，好像花儿开在春风……你的笑容这样熟悉……

201

这是他俩最喜欢的歌啊。同桌的那会儿，功课做完的时候，他俩就一人耳里塞一个耳机。边听边跟着哼唱，偶尔的眼波交流，单纯而美好。他顿时眼里泛起了晶莹，等着我吧，亲爱的姑娘。

　　一个月后，她收到了他寄来第一个包裹，里面有她最喜欢的那件格子连衣裙。还有一封来信，字里行间，依然是他霸道的语气：一年后我回家探亲时，一定要穿着这件连衣裙来见我，否则，你懂的……

　　她的心快乐得像小鸟，忍不住轻快地鸣唱，就像花儿开在春风里。

　　"我会的。"她对着空寂的操场大声喊着。仿佛看见了爱情的样子，那里草长莺飞，那里落英缤纷，他们在樱花树下追逐，嬉闹，粉色的花瓣撒落了一地。